La Virgen en tus ojos

FLORENCIA ETCHEVES

La Virgen en tus ojos

Obra editada en colaboración con Grupo Planeta – Argentina

© 2012, Florencia Etcheves

© 2012, Grupo Editorial Planeta S.A.I.C. – Buenos Aires, Argentina

Derechos reservados

© 2020, Editorial Planeta Mexicana, S.A. de C.V.
Bajo el sello editorial PLANETA M.R.
Avenida Presidente Masarik núm. 111,
Piso 2, Polanco V Sección, Miguel Hidalgo
C.P. 11560, Ciudad de México
www.planetadelibros.com.mx

Primera edición impresa en Argentina: noviembre de 2012
ISBN: 978-950-49-3018-1

Primera edición impresa en México: julio de 2020
ISBN: 978-607-07-6823-1

Impreso en los talleres de Impresora Tauro, S.A. de C.V.
Av. Año de Juárez 343, Col. Granjas San Antonio,
Delegación Iztapalapa, C.P. 09070, Ciudad de México
Impreso y hecho en México - *Printed in Mexico*

A mi Juancho, a mi Manuela, y a mi madre.
A la memoria de mi padre.

Lo único que necesita el mal para triunfar
es que los hombres buenos no hagan nada.

EDMUND BURKE

Alicia: ¿Cuánto tiempo es para siempre?
Conejo blanco: A veces sólo un segundo.

LEWIS CARROLL,
Alicia en el País de las Maravillas

1

Olón, Costa del Sol, Ecuador.

Esta Virgen me gusta. Esta Virgen es una embustera, como yo.

Desde el subsuelo del santuario, construido en un cerro sobre el nivel del mar, esta figura de menos de un metro de altura le hizo creer al mundo que lloraba sangre.

Sé que un hecho repetido hasta el cansancio puede convertirse en una verdad absoluta. Gana quien repite mejor, quien llora mejor. Como la Virgen, como yo.

Bajo las escaleras del santuario. El olor a incienso es penetrante. Nunca entendí la falta de cuidado de este lugar sagrado. Cualquiera, como yo, puede entrar, salir o robarse esa figura tan preciada: la famosa Virgen de Olón.

Una vez pensé en llevármela, pero me arrepentí; no fue por convicción, sino por conveniencia. La imagen de mujer piadosa, que a diario le reza a la Virgencita, es el rol que quiero aparentar. Y me viene saliendo bien, desde hace veinte años.

La Virgen está en el sótano, como siempre, como todos los días: con su manto celeste cubierto de cristalitos de roca, con su vestido color manteca bordado en hilos dorados. La cerámica con la que moldearon su cara parece no haberse oscurecido con los años. Y las lágrimas surcando el rostro. Lágrimas de sangre. La prueba de la deidad. La prueba del milagro.

2

El calor era sofocante. Ni la brisa fue piadosa esa noche.
El olor a jazmines de los jardines de las casas se mezclaba con
el que salía de las bolsas con basura, acomodadas con cierta
prolijidad en los canastos callejeros. El último turno de reco-
lección no había pasado todavía. El barrio se veía tranquilo.
Casas dúplex o caserones guardaban —para muchos— una
estética arquitectónica envidiable. Los faroles funcionaban
a la perfección: iluminaban las veredas a pesar de la fron-
dosidad de los árboles. Todo parecía perfecto. Pero, no. De
repente, el ruido ensordecedor de las sirenas de los patrulleros policiales hizo saltar de sus lugares a unos cuantos. Algunos se miraron con preocupación, otros se acercaron a las
ventanas, intentando ver qué pasaba por las hendijas de las
persianas o los huecos de las cortinas. Muy pocos se anima-
ron a abrir la puerta.

A Francisco Juánez nada solía interrumpirle el sueño.
Ni los ruidos, ni las caras de los muertos que muchas veces
se le aparecían en pesadillas recordándole alguna deuda.
Los muertos suelen ser muy insistentes cuando de deudas

se trata. Pero esa noche a Juánez lo despertó el teléfono. Se había tirado en la cama temprano, antes de que empezara el noticiero de las ocho. A pesar de que su última comida —una ensalada de choclo y tomates— había sido al mediodía, el hambre no le impidió quedarse dormido. Le costó abrir los ojos, aunque supuso que se trataba de algo importante. Sus subalternos tenían orden de no molestarlo por pavadas. A pesar del cansancio, hizo un esfuerzo sobrehumano para atender su celular. Apretó la tecla verde e inmediatamente escuchó la voz.

—Jefe, tenemos un homicidio. Es una chica, la encontró una amiga en su casa. Son gente de guita.

Se sentó de golpe en el medio de la cama, con las piernas cruzadas. A pesar de años de escucharla, la palabra *homicidio* lo ponía en alerta.

—¿Qué tan complicada está la cosa, Ordóñez?

—Bastante. Arma blanca, mucha sangre. Varios familiares estuvieron pisoteando la escena del crimen.

—Pasame la dirección por mensaje de texto. Voy para allá.

Apenas cortó el teléfono, Juánez se levantó, se puso un pantalón oscuro y una camisa blanca. Luego buscó en su cocina una barrita de cereales y semillas. Mientras la comía, convencido de los poderes energéticos de ese alimento, pensaba en lo que se venía: Un reguero de familiares histéricos que pretenderían respuestas donde sólo había una masacre; sus policías, amedrentados por la situación económica de la víctima, y la enorme posibilidad de que en un rato los periodistas llegaran al lugar del crimen y quisieran marcar el ritmo de la investigación. Nunca había tenido problemas con la prensa, pero la relación no era fácil. «Creen que un homicidio se resuelve en dos horas. Exigen tiempos de película. Si no avanzamos con paso firme y sin apuros, ¿cómo mierda agarramos a los asesinos? Es la única manera, no existe otra», pensaba. Tiró el celofán de la barrita en la pileta de lavar los platos, agarró las llaves del auto, una botellita de leche de soja con sabor a naranja y salió de su casa para ir directamente hacia la escena del crimen.

En la calle, una bocanada de aire cálido lo golpeó sin remedio y le hizo cerrar los ojos. Tomó nota mental del clima. Sabía que con ese calor un cadáver se descomponía más rápido. Lo que no sabía era que ese detalle menor, tan fuera del control humano, se iba a convertir en fundamental un tiempo después.

Manejó hasta la dirección que su ayudante, el cabo Ordóñez, le había mandado solícito por mensaje de texto. Sintió alivio cuando se dio cuenta de que la escena del crimen era cerca de su casa. «El pelotudo de Ordóñez debe estar con un cagazo padre», pensó mientras manejaba. Es que desde el caso García Belardi o «el crimen del country», como se lo conocía, Ordóñez dividía a los crímenes en dos grupos: «muerto con guita» y «muerto sin guita». Así de simple. Y los muertos con guita le daban terror.

—Jefe, yo sé lo que le digo. El muerto con guita es un quilombo. Si no agarrás al asesino, los familiares te pueden hacer perder el laburo. Para ellos sos el esclavo. Yo prefiero el muerto sin guita; para esa gente, somos héroes.

Y no se equivocaba tanto Ordóñez.

3

La calle Zebruno estaba cortada. Las cintas amarillas, de nailon, atadas a los postes de luz, oficiaban de barreras macabras. De un lado, un par de policías, los peritos y algunos allegados a la víctima. Del otro lado, unos cuantos vecinos y una larga fila de automovilistas enojados, que daban la vuelta en U para salir de la calle trampa en la que se habían metido.

Francisco Juánez, el jefe, caminó decidido. Se tuvo que agachar para pasar por debajo de las cintas; un tirón en la cintura lo dejó por un segundo sin aire. «Tengo que volver al gimnasio —pensó—, con ser vegetariano no es suficiente.» De reojo, miró a los familiares que se abrazaban a pocos metros de distancia. No quería hablar con ellos. No porque fuera un hombre compasivo, para nada. No era el momento. Primero quería ver el lugar en el que habían matado a la chica. Tal vez entre esos cinco que lloraban estaba el asesino. Tal vez no.

—Jefe, es una piba jovencita. Homicidio con arma blanca. El cuerpo está arriba, ya la está viendo el forense. Sangre por todos lados. Un quilombo, muerto con guita —dijo Ordóñez a manera de recibimiento.

Estaba tenso y llamativamente despeinado. De tanto pasarse la mano por la cabeza, quizá como un método para aclarar las ideas o disimular su inexperiencia, sus pelos se parecían a los de un puercoespín. Él solo había tenido que arreglarse con los peritos, con los policías de la comisaría de la zona y con los que habían encontrado a la chica muerta. Y lo había hecho bien. Bastante bien. Sin embargo, sabía que Juánez no lo iba a felicitar, nunca lo hacía. Pero tal vez lo invitaba a su casa a tomar un licorcito de dulce de leche, con la idea de hablar del crimen en cuestión. Eso era más que una felicitación de compromiso. Era la oportunidad de aprender con el mejor. Porque Francisco Juánez era el mejor.

—Ahora subo, Ordóñez. Dejame solo. Necesito ver la planta baja. Fijate que no se vayan los familiares que están afuera. De acá no se va nadie. Hablales, consolalos o mandalos a la mierda, pero sacales datos, Ordóñez, muchos datos. Después hablan con los abogados y cagamos.

La casa en la que habían matado a la chica compartía la medianera con otra exactamente igual. Era un dúplex. «Los vecinos tienen que haber oído algo; las paredes parecen de cartón», pensó Juánez mientras se ponía los guantes de látex, tratando de concentrarse para no escuchar la conversación que mantenían en la planta alta el médico forense, el ayudante y el fotógrafo. Nunca entendió cómo alguien podía analizar la escena de un crimen y, al mismo tiempo, comentar partidos de fútbol, planear vacaciones u ostentar hazañas sexuales que todos sabían mentirosas.

La planta baja era chica: un cuadrado de seis por cuatro que hacía las veces de living y cocina integrada. En un costado, una barra de madera y hierro con dos banquetas altas convertían el espacio también en comedor. Caminó despacio hacia la cocinita; un ruido sutil lo había alertado. En el escurridor de plástico blanco se secaban dos platos de cerámica pintados con florcitas azules. Un repasador de cuadritos de colores bien doblado, un frasco de detergente recién comprado y una esponja amarilla bastante maltrecha, era todo lo que había sobre la mesada de mármol negro. Las cosas estaban en orden.

Un goteo, eso fue lo que le había llamado la atención. En un costado de la mesada, casi en el borde de la pileta, un pequeño charco líquido. Lo tocó con su dedo índice enguantado. No quedaban dudas. Miró instintivamente para arriba, hacia el lugar del que de manera espaciada caían gotas. Por los listones de madera del techo de la cocina se filtraba sangre. Por un espacio de menos de un centímetro se le había escapado la vida a una chica de veinticuatro años.

—¡Juánez, subí! —El llamado del médico forense sacudió a Juánez de sus cavilaciones. El momento había llegado: ese contacto con la víctima de un crimen.

Una vez, hacía años, cuando era profesor de criminalística, les contó a sus alumnos sobre las sensaciones físicas que sentía ante un cuerpo sin vida: un nudo en el estómago, la piel de gallina y una especie de compromiso íntimo con esa persona que ya no estaba, como si se tratara de una primera cita. Todos se rieron. Creyeron que era un chiste de humor negro. Salvo una chica, la rubiecita de la primera fila. Ella no se rio. Sólo le sostuvo la mirada largamente.

Cuanto terminó la clase, la rubiecita se acercó con timidez. Respiró hondo y habló: «Mi mamá se suicidó, yo encontré su cuerpo», dijo, y los ojos se le llenaron de lágrimas. «Sentí lo mismo que siente usted. Por eso estoy acá. Yo también tengo un compromiso.» Antes de irse, tomó la mano de Juánez con firmeza y le entregó un papel pequeño de color rosa, doblado en cuatro. Horas después, cuando llegó a su casa, se animó a desdoblar la notita. Era una frase de una línea, escrita con letra prolija e infantil. Sonrió. Desde ese momento supo que, cada vez que se encontrara frente a frente con el despojo de la muerte, esa frase iba a ser su mantra, su oración, su ofrenda.

4

La escalera caracol del dúplex era incómoda, estrecha. La subió despacio. Tuvo miedo de que esa estructura de caño pintada de celeste se viniera abajo. Otra nota mental: «Si el asesino subió por esta escalera, la víctima tuvo que haber escuchado los crujidos del metal oxidado. Sin dudas».

La escena al final de la escalera se veía desgarradora, pero obvia. Sangre, aire viciado y una chica semidesnuda, boca abajo, en el piso. Miles de películas tienen escenas parecidas de crímenes.

—¿Usted cree que los directores de cine son poco originales, doctor Aguada? —preguntó Juánez de repente.

El forense Aguada lo miró sorprendido, aunque no era la primera vez que el investigador se despachaba con cualquier pregunta. Cuando lo conoció, hacía ya quince años y muchos más de doscientos cadáveres, creyó que era un loco desubicado. Años después seguía pensando lo mismo.

—Uf, no empecemos, Juánez. Hace un calor demencial. Apenas llegué, me tuve que bancar los gritos de la madre de la piba. Se suponía que hoy empezaban mis vacaciones, y aquí me ves, con las manos en la masa —dijo agitando sus manos, con los guantes manchados de sangre.

—A ella no le va mejor —remató Juánez, señalando con un movimiento de cabeza el cuerpo de la chica, inerte entre los dos.

El forense ya no pudo seguir con su queja; tampoco se trataba de un chiste como para festejárselo con una sonrisa. Juánez tenía la capacidad de ponerlo de mal humor. Siempre lo conseguía. Era ciento por ciento efectivo. La mirada sobradora, sus ironías, esa certeza de saberse necesario, irritaban al médico forense. Ordenó rápidamente los papeles con sus anotaciones y recitó en voz alta las primeras conclusiones:

—Es una mujer, de unos veintitrés años. Según el reconocimiento hecho por su madre, se llamaba Gloriana Márquez. Fue agredida con un cuchillo que le provocó múltiples lesiones en el cuello. Una de las heridas cortantes causó una hemorragia con posterior shock hipovolémico. No se defendió. Podría haber estado durmiendo cuando la atacaron. Tiene algunas lesiones leves en fosas nasales, tal vez intentaron asfixiarla. No parece haber sufrido un ataque sexual. Pero en la mesa de autopsia voy a tener el panorama más claro.

—¿El arma está por acá?

—No, Juánez.

—¿Cuándo la mataron?

—Y... mirá... El cuerpo está frío y rígido. Lo puedo mover en bloque. Tiene una rigidez cadavérica irreductible. Calculo que pueden haber pasado entre dieciocho y veinticuatro horas desde que la asesinaron. Menos de eso no.

Juánez miró su reloj de pulsera e hizo un simple cálculo mental.

—Estamos sobre la una de la madrugada del viernes —calculó en voz alta—. Si restamos dieciocho horas, quiere decir que la mataron a las siete de la mañana de ayer, ¿jueves, no?

—Sí, jueves. Pero te dije *entre dieciocho o veinticuatro horas.* Pudieron haberla asesinado ayer a esta misma hora.

Sin mirarlo, Juánez tomó nota en su libreta negra. Tenía muchas como ésa, llenas de anotaciones y gráficos. Eran una especie de archivos del horror, que guardaba en el auto, en la cocina de su casa, en su oficina, y hasta en el botiquín del baño. Siempre tenía en su mesa de luz una libreta nueva, impecable, esperando ser llenada.

El forense Aguada aguardó en vano alguna palabra de Juánez que seguía, sin levantar la cabeza, escribiendo. Tosió para llamar su atención. Nada. Entonces un rayo de dignidad le hizo tomar una decisión.

—Me voy a la calle a esperar a la morguera —dijo—, acá no tengo nada más que hacer. Todo tuyo, Juánez. Algo vas a encontrar para complicarme la autopsia de mañana, no tengo dudas.

Mientras el forense Aguada guardaba sus elementos en un viejo maletín de cuero, Juánez —ahora sí— empezó a prestarle atención. No al forense, sino a los elementos plateados que guardaba. Notó que algo faltaba en ese maletín.

—Aguada, ¿le tomaste la temperatura al cuerpo?

—Estás viendo muchas series americanas —dijo el forense con un obvio tono irónico y agregó, no con enojo, sino con cierto goce—: No tengo el termómetro adecuado. Falta de presupuesto, viejo.

Se despidió con una sonrisa burlona, y empezó a bajar esa escalera ruidosa y endemoniadamente angosta. Cuando llegó a la mitad, decidió sacarse la duda.

—Juánez —gritó, mirando hacia arriba—, ¿por qué me preguntaste si pienso que los directores de cine son poco originales?

Desde arriba le llegó la respuesta que no tenía ganas de escuchar.

—Porque esta escena del crimen está armada, viejo. Te la armaron y te la comiste. Yo veré muchas series americanas, como vos decís, pero el asesino también. Y vos, Aguada, no ves nada.

Un portazo. Ésa fue la respuesta del forense.

5

«El que lucha con monstruos deberá procurar no convertirse en uno de ellos.»

Desde que su ex alumna, la rubiecita de la primera fila, se la escribió en un papelito doblado en cuatro, supo que tenía que repetir esa frase, su mantra personal, cada vez que entraba en contacto con un cadáver. Era una promesa silenciosa entre él, el cazador de asesinos, y esa persona que ya no era. Porque cada asesinado era un gol en contra en el partido de la vida de Juánez. Un partido ingrato, en el que descontar a favor siempre es imposible. Los muertos no vuelven. Pero él, Francisco Juánez, se proponía cada mañana atrapar a los goleadores de la muerte.

Gloriana Márquez estaba fría. Tendida boca abajo en el piso entre dos camitas de una plaza. Una musculosa azul con la espalda ensangrentada y una bombacha negra era todo lo que tenía puesto. El brazo izquierdo seguía estirado. El derecho, apoyado sobre una almohada, que también estaba en el suelo. Era obvio, a Gloriana la habían matado sobre una de las camas. El manchón de sangre en el colchón delataba que ése había sido el lugar elegido por el asesino. Pero ¿por qué estaba tirada en el piso? ¿Cuál había sido el fin de mover el cuerpo?

Juánez sabía que no era el momento de preguntas, ya habría tiempo para esas cuestiones. De allí tendría que llevarse respuestas. Por lo menos algunas.

Se puso los guantes de látex, se agachó y con delicadeza tomó la muñeca izquierda de Gloriana. La chica tenía puesto un reloj. No era cualquier reloj, era un Cartier original. A ningún ladrón se le hubiera pasado por alto semejante joya. Pero no fue el dato del reloj lo que Juánez anotó en la libreta. Lo que le llamó la atención es que pudo levantar el brazo de la chica sin ningún tipo de dificultad.

—Aguada, sos un inútil —murmuró, sabiendo que el forense ya no estaba para escucharlo.

Recorrió con la mirada el cuerpo de Gloriana, y se detuvo en la pantorrilla. En el tobillo, brillaba una pulserita dorada, con dijes en forma de corazón. Era lo único que parecía vivo en ese cuerpo inerte. Un poco más arriba, en la parte de atrás de la pierna, a la altura del muslo, una marca de sangre seca le llamó la atención. No era una mancha uniforme, ni un goteo. Era claramente la forma de una mano. El asesino tenía la palma y los dedos ensangrentados cuando por algún motivo tocó la pierna de la chica. Juánez contuvo la respiración, acercó su linterna y con atención extrema analizó la marca.

—¡La puta que lo parió! —exclamó frustrado, largando el aire que le quemaba en los pulmones.

Por un segundo tuvo la esperanza de que las huellas digitales del criminal hubieran quedado marcadas en la piel de la chica. Pero no. Era claramente una mancha de arrastre. Se veía la mano, pero no los detalles. Tomó nota de eso. Cada detalle en el cadáver desnudaba alguna pieza del comportamiento del asesino. Hasta esa mancha, que en principio parecía inútil, arrojaba algo de luz.

Gloriana había sido asesinada sobre la cama y en el colchón estaba la mayor cantidad de sangre, a la altura de la almohada, pero por algún motivo su cuerpo terminó en el piso. Juánez dedujo que, con las manos ensangrentadas por la faena, el matador tironeó del cuerpo por la pierna. Las gotas de sangre en el costado de la cama indicaban la mecánica de ese movimiento perverso. En algún momento, la cabeza de Gloriana había quedado suspendida, lo cual había provocado un goteo estático en el piso. Tantos movimientos torpes para mover unos pocos metros un cuerpo que no pesaba más de cincuenta kilos dejaron a Juánez pensando.

La habitación era pequeña; sólo arrojaba un poco de aire fresco el ventilador de techo que, aunque estaba prendido, parecía no alcanzar. Tal vez por el calor, tal vez por puro instinto, Juánez buscó una ventana. No había. Una puerta balcón de vidrio estaba anulada por la cama en la que habían matado a la chica. No fue necesario hacer demasiado esfuerzo, ya que apenas corrió la cama, la puerta se abrió sin dificultad. No estaba cerrada con llave, y el seguro se había roto; la cama hacía las veces de traba. Usó de nuevo la linterna e iluminó hacia el otro lado de la puerta vidriada.

Había llovido mucho y el piso del balconcito estaba mojado, sucio, con tierra. ¿El asesino había entrado por ahí? De haberlo hecho, sólo tenía una manera de huir: salir por la puerta de entrada del dúplex. En ese caso, ¿quién había vuelto a colocar la cama contra la puerta balcón?

Se dio vuelta e iluminó con detalle el piso de la habitación. Ni una pisada. Ni una gota de agua. Nada. No, no era el balcón el lugar por el que había entrado el asesino.

En la mesita de luz, había un velador, un cenicero limpio y un despertador. La pequeña aguja roja, la de la alarma, señalaba el número diez. El interruptor estaba bajo, hacia adentro; alguien lo había apagado. Pero no fue el despertador lo que llamó la atención de Juánez. Tampoco la capa de polvo que había sobre la mesita. Una foto en un marco de acrílico barato lo distrajo de la escena de horror. Dos chicas bellas y jóvenes sonreían desde un primer plano. Una lucía un collarcito de caracoles blancos que sumaba un estilo inocente a su más inocente sonrisa. Mirada franca, gesto feliz. Sin matices. La otra, la de la remera roja, era el revés de la trama: le pasaba el brazo por el hombro a la primera. La poseía con ese abrazo. «Es mía», parecía decir con ese gesto. Su sonrisa, triunfadora. Sus ojos, color acero. Su mirada, de hielo. Y, sin embargo, se la notaba débil, tremendamente débil.

Y no se equivocó Juánez en el diagnóstico. La chica de mirada de hielo era la frágil. Pero la otra, la del collar de caracoles, la de la sonrisa sin tapujos, era la muerta.

6

La calle Zebruno seguía cortada por la policía. A pesar del calor sofocante, a pesar de la hora, los vecinos permanecían del otro lado del vallado. Hablaban entre ellos. Tejían hipótesis con la poca información que tenían o inventaban. Del lado de adentro del cerco, el cabo Ordóñez hacía lo que Juánez le había ordenado: tranquilizaba a los familiares de la chica asesinada y tomaba nota de lo que escuchaba en un cuadernito maltrecho.

Una señora de mediana edad, con la mirada perdida y aspecto derrotado; un hombre canoso que intentaba, sin lograrlo, tener el control de la situación; un chico de unos veinticinco años, nervioso, que no paraba de tocarse el flequillo; una chica gordita que lloraba y se sonaba los mocos con la misma intensidad y en el medio, ella, la de la mirada de hielo. Francisco Juánez, el cazador de asesinos, no podía dejar de observar a la chica de la foto, ahora corporizada en una mujer alta, flaca, que no paraba de hablar ni de moverse. Llanto, risa, gritos, todo al mismo tiempo. La fragilidad que había percibido en la fotografía parecía desplegarse ante sus ojos expertos. La chica de la mirada de hielo se derretía, a pesar de un esfuerzo vacuo por mantenerse en pie.

Juánez se acercó al grupo y fue directo al grano, no estaba ahí para hacer amigos y la cortesía tiene un límite.

—Buenas noches. Soy Francisco Juánez, jefe de criminalística. ¿Quién encontró el cuerpo?

—Ya le contamos todo al policía —gritó la mujer desencajada—. Ahora soy yo la que quiero preguntar. ¿Qué le pasó a mi hija? No me diga que está muerta porque ya lo sé. Me la mataron. ¿Quién fue el hijo de puta que me la mató?

Los gritos desgarraban el sopor de la noche. Pero a Juánez no lo conmovía ni el dolor de una madre, ni el de un padre, ni el de nadie. Su trabajo era otro. Un trabajo en el que sólo importaba atrapar a quien mata, no consolar a quien llora.

—No lo sabemos todavía. Estamos en eso. Después de la autopsia vamos a tener más información, pero necesito saber quién encontró a su hija.

La mujer ya no lo escuchaba: había entrado en un trance. La mirada perdida otra vez capturó su esencia.

—Fui yo —dijo la chica alta—. Vivimos juntas en el dúplex. Cuando me fui a trabajar, Gloriana se quedó durmiendo…

—¿Y a qué hora te fuiste a trabajar? —la interrumpió Juánez, y miró el reloj de su muñeca automáticamente—. Son casi las dos de la madrugada…

Ella también miró su reloj para corroborar la hora. Tras todo lo que había sucedido, le resultaba difícil responder, ubicarse en el tiempo.

—Sí, sí. Ayer, jueves, cuando me fui trabajar, Gloriana estaba durmiendo. Eran las siete de la mañana. Siempre salgo a la misma hora.

—Seguí, te escucho…

La chica se sacó el reloj de pulsera de plástico rosa y empezó a pasarlo de una mano a la otra, lentamente, como si en ese elemento estuvieran guardados los minutos, los segundos de los que debía dar cuenta al investigador.

—Bueno, no me llamó en todo el día. Intenté comunicarme con ella, pero no respondió. Hasta hace un rato estábamos con un par de amigos en un cumpleaños y nos vinimos hasta acá. Nos pareció extraño que Glo no llegara. Ella es muy puntual.

La chica paró de hablar sólo para tomar aire. Juánez aprovechó para decir:

—A ver… ¿Por qué crees que no respondió el celular? ¿Con quiénes viniste hasta acá? Y por último, dejá de revolear ese reloj que me pongo nervioso. Te escucho.

—Gloriana pocas veces atendía su celular, no le gustaba hablar por teléfono. Vine con Rodrigo, el novio de Glo, y con Paula, su prima —contestó de manera automática la chica de mirada de hielo, sin dejar de mover el reloj, y con tono desafiante agregó—: Más nerviosa estoy yo, que acabo de ver a mi amiga tirada boca abajo, toda llena de sangre.

Su relato fue interrumpido por Rodrigo, que no dejaba de tocarse el flequillo.

—¿Qué decís, Minerva? Vos no viste nada. Yo subí solo. Yo la vi a Gloriana en el piso.

La mirada de hielo perforó a quien así, de buenas a primeras, planteaba la primera contradicción del relato. Fue un segundo, o tal vez menos. Ese segundo en el que todos los presentes dudaron hasta de sus propios nombres. Menos Juánez, menos Minerva. Ellos no dudaron. Ella, protagónica. Él, espectador.

—Comisario, yo también la vi a mi amiga. Yo subí al cuarto. Es verdad que Rodrigo —dijo señalando al chico que en silencio miraba al piso— subió primero. Él es el novio de Glo, está confundido, la quiere, es lógico.

—¿Vos no? —preguntó Juánez.

—Sí, la adoro, pero no es con usted con quien voy a hablar de Gloriana. Con usted voy a hablar del que la mató.

El desafío estaba planteado. «Esta chiquita está asustada», pensó Juánez. La seguridad es enemiga de la mentira. Eso Juánez lo sabía bien. Minerva le planteaba el territorio en el que se iba a manejar. «Hasta aquí llegás», parecía haberle dicho.

—Minerva…, qué nombre raro. ¿Lo heredaste de alguien?

El volantazo que dio el investigador sorprendió a todos. La mamá de la chica muerta despertó de su trance y empezó a llorar de nuevo.

—No. Me lo puso mi abuela —contestó la chica de mirada de hielo.

Juánez ignoró la respuesta y se acercó hacia ella.

—A ver, querida, en tu casa tengo el cadáver de una chica que resulta ser tu amiga, ¿sabés? Alguien la degolló como a un pollo y la dejó tirada como si fuera una muñeca mal armada, ¿entendés? —La voz se le empezó a poner cada vez más ronca, más firme. —Y vos, Minerva, vas hablar de lo que yo necesite que hables. Me vas a tener que convencer de que la que está tirada y muerta en tu casa no sos vos, sólo de casualidad. Y creo tan poco en las casualidades que me vas a tener que convencer muy bien, ¿sabés?

La mirada de hielo ahora había desaparecido. Angustia, miedo, desesperación, una mezcla de todo nublaba los ojos de Minerva. «Bien —pensó Juánez—, entendió.»

Ése fue el primer error del investigador: creer que Minerva había entendido.

7

Un asesinato a puertas cerradas, en el que nadie parece haber visto el momento exacto en el que un cuchillo desgarra el cuello de una chica joven. Una escena de manual para cualquier director de cine. La bella víctima, semidesnuda, expuesta a la potencia de las miradas ajenas. El erotismo de la muerte en su máxima expresión. Un crimen de laboratorio. Todas las respuestas, con suerte, saldrían de una fría mesa de autopsias. Juánez odiaba ese tipo de homicidios, creía que era pedirle demasiado a quien acababa de perder la vida. «El cadáver habla», dicen los maestros de la investigación forense. «¡Qué idiotez! —pensaba Juánez, desafiando años de estudios de criminalística—. El cadáver apenas susurra, y soy yo quien tiene que lidiar con los sordos encargados de escuchar.»

En estos debates internos estaba Juánez mientras esperaba que el aire acondicionado de su auto empezara a hacerse notar. Tenía pensado quedarse allí hasta que la morguera se llevara el cadáver de la chica. Había ordenado fajas de clausura y consigna policial en la puerta. Nadie tenía que acercarse a la escena del crimen. Quería asegurar el cumplimiento de sus órdenes.

Desde la ventanilla pudo ver cómo el grupo de familiares y amigos de la chica muerta iban a buscar sus autos, que habían quedado mal estacionados a causa del apuro y la desesperación. La madre y la prima se sostenían mutuamente, arrastraban los pies, apenas si podían caminar; el novio se dejaba abrazar por su padre, como si fuera un nene de jardín de infantes, y la amiga, Minerva, caminaba unos pasos detrás de los demás, mirando el piso. A Juánez le llamó la atención la campera que llevaba puesta; a pesar del calor sofocante, estaba abrigada. Durante el cruce de palabras que habían tenido minutos antes, la chica vestía una musculosa violeta; sus brazos no tenían ni un mínimo rasguño, por lo que la campera no pretendía esconder nada. «Todavía no le debe haber vuelto el alma al cuerpo —pensó Juánez, sin dejar de seguirla con la mirada—. Parece que el frío de la muerte no sólo le llegó al cadáver de su amiga; el encontronazo con la faena de un asesino no es para cualquiera.» El grupo siguió caminando hacia la esquina, luego doblaron y desaparecieron de la vista de Juánez, que seguía pensando en Minerva y en sus contradicciones. Hasta el momento no le habían parecido ni graves, ni sospechosas.

Se recostó en el asiento de su auto, puso ambas manos sobre el volante y cerró los ojos. Respiró profundo y largó el aire lentamente. Estaba empezando a relajarse cuando el sonido de celular lo sobresaltó. Atendió de manera automática, sin abrir los ojos.

—Hola, Juánez, ¿me escucha?

Se arrepintió de haber atendido el teléfono sin mirar antes el identificador de llamadas.

—Sí, te escucho. ¿Qué necesitás?

—Información. Me llegó el dato de que hubo un homicidio en zona Norte, ¿es así o me tiraron cualquier cosa?

Desde hacía años que las conversaciones entre Juánez y la periodista de policiales del canal de noticias empezaban de la misma manera: ella haciéndose la tonta y él disimulando su rechazo a todo lo que tuviera que ver con el periodismo o *los buitres*, como los llamaba en privado.

—Es cierto. Tengo un óbito. Es un femenino. Hallada en su domicilio particular. Arma blanca.

—Jefe, esa merca ya la tengo. Necesito algo más. ¿Hay un novio despechado? ¿Le quisieron afanar?

Juánez se incorporó y apoyó la cabeza en el volante del auto. Mientras intentaba estirar sus cervicales maltrechas, pensaba cuidadosamente cada una de las palabras con las que iba a responderle.

—Todo puede ser. Hace unas horas que intervinimos, no hay mucho todavía. La encontraron una amiga y el noviecito. Mañana es la autopsia. ¿Quién te dateó?

—Un vecino.

—No me hagas reír, dale. ¿Me vas a decir que todos los vecinos del país tienen tu celular y te llaman a las tres de la madrugada? Dame un nombre.

La periodista lanzó una sonora carcajada. Siempre era igual. Ella quería saber y Juánez callaba. Juánez quería saber y ella no quería contar.

—No me haga recitarle el versito de que las fuentes no se dicen, que me aburro. Yo tengo un vecino y usted tiene una muerta. Así estamos.

Era tarde, tenía pocas horas de sueño encima y la periodista se hacía la superada. El malhumor de Juánez iba en aumento.

—No, querida. Ahora los dos tenemos una muerta. Fíjate lo que publicás. No compres carne podrida por ahí, que con este caso te aseguro que van a salir a venderte cualquier cosa. Llamame mañana, que voy a tener alguna cosita más. Saludos al vecino.

La chica no era tonta y notó en el tono de voz de Juánez el esfuerzo por no mandarla al diablo. Fue ella la que decidió aflojar la charla.

—Gracias, jefe. Disculpe que lo molesté a esta ahora y quédese tranquilo que cuando me pregunten quién me pasó «alguna cosita más», ¿sabe lo que voy a contestar?

Juánez notó el giro a tiempo que intentó la chica, no pudo evitar una sonrisa y contestó:

—Un vecino.

—¡Correcto, Francisco! Hablamos mañana.

La chica era fiable, jamás lo había traicionado. Y además, era la única en el ámbito laboral que lo llamaba por su nombre: Francisco.

8

La conversación con la periodista lo había hecho caer en la cuenta de la poca información que tenía con relación al crimen de Gloriana Márquez. Casi nada.

Desde el auto había una buena perspectiva de la cuadra. Ni en la vereda del dúplex ni en la de enfrente había locales comerciales; descartada, entonces, la posibilidad de que una cámara de seguridad pudiera aportar algo. Había que hacer trabajo de calle, a la vieja usanza: tocar timbre casa por casa y hablar con los vecinos. ¿Escucharon gritos? ¿Vieron a alguien sospechoso en los últimos días? ¿Cuándo fue la última vez que vio a su vecina Gloriana? Mientras miraba con atención cada una de las casas, Juánez hizo un llamado rápido.

—Pereyra, soy Juánez —dijo y, sin dejar tiempo para la respuesta, siguió—: Estoy con el homicidio de la femenina Márquez, rastreame con la gente del 911 todas las llamadas recibidas en la última semana que tengan que ver con el barrio del crimen de la piba, gente sospechosa, o algún robo, no sé, fijate. Mandámelo a primera hora a mi oficina.

—Perdón, jefe, pero son casi las cuatro de la madrugada. No sé si lo vamos a tener a primera hora.

—Hoy es tu día de suerte, Pereyra. Voy a hacer de cuenta que no te escuché. Te repito: a primera hora.

Cortó la comunicación y tiró el teléfono en el asiento vacío del acompañante. El ruido de un motor lo sobresaltó. Un auto destartalado, de color azul, estacionó en la esquina del dúplex. Un hombre con bastante sobrepeso bajó trabajosamente y pegó un portazo. Se lo notaba ofuscado. «Alguien lo despertó en plena madrugada —pensó Juánez mientras lo observaba desde su propio auto—, ni tiempo para peinarse le dieron.»

El gordo se pasó ambas manos por la cabeza, como si hubiera escuchado los pensamientos de Juánez, pero ese gesto no fue suficiente para acomodar los rulos rebeldes y demasiado largos. Tomó la Cannon que tenía colgada del cuello y empezó a disparar. Los destellos del flash iluminaron fugazmente la cuadra. Después de la quinta o sexta foto, empezó a caminar y se puso a buscar un plano más preciso. Sin dudar, levantó la cinta de plástico amarilla y pasó a la zona que sólo estaba autorizada para el personal policial. Se acomodó a pocos metros de la entrada del lugar del crimen mientras calibraba su cámara.

—Gordo, me parece que estás en un lugar equivocado —observó Juánez.

El fotógrafo revoleó los ojos con hastío y soltó la cámara, que quedó apoyada sobre su abultado abdomen.

—Juánez, no me jodas. La calle es pública y estoy laburando.

38

—¿Estás laburando? Mirá vos. ¿Y qué carajo te pensás que estoy haciendo yo, gordo? A ver, contame...

—Dale, Juánez, tiro un par de fotitos a la fachada y me voy. No te pongás en botón.

—Soy botón, gordo —dijo y suspiró, ya sin una hilacha de paciencia—. Cana, yuta, poli, como más te guste. Volá de acá y sacá fotos del otro lado de la valla.

El gordo levantó las manos, resignado.

—Qué laburos de mierda que tenemos, Juánez —dijo con voz ronca, buscando complicidad—. Por dos mangos estamos acá cagados de calor, peleando por quien está más cerca del cadáver de una piba.

Juánez lo miró con una semisonrisa. El gordo tenía razón. Sus años de fotógrafo de policiales lo habían llevado a la simplificación total de su tarea. Empezó de jovencito creyendo que sus fotos eran únicas, que iban a salvar a la humanidad. Pero no. Los asesinos seguían matando, los restos humanos se seguían viendo igual de mal entre los hierros retorcidos de un auto accidentado, la carne humana seguía oliendo a asado quemado después de un incendio y los cadáveres de los chicos le seguían dejando noches sin dormir. Los espantos más indecibles habían pasado por la lente de la cámara de fotos del gordo. Estaba acostumbrado a no pedir permiso. «Me exigen una educación que no le piden ni a la muerte», se solía quejar cada vez que lo corrían de una escena del crimen. Sólo una vez el gordo había sido un héroe. En una casita humilde de Luján dos hermanitas habían aparecido destrozadas. Una, la de doce años, violada y muerta a palazos. La otra, la de cuatro, logró sobrevivir a una puñalada feroz en el pecho. No hubo testigos y la sobreviviente había quedado muda del terror. El diario había mandado al gordo, que en ese entonces no era tan gordo, a cubrir el primer día de clases de la nena.

—La nota se va a titular «A pesar del horror, la vida se impone», o algo así —le indicó el redactor, mientras comía una hamburguesa en su escritorio de la redacción—. Fijate cómo la ilustramos.

—Vos sos un genio —dijo el gordo de manera irónica—. Si no te ganás el Pulitzer con esa nota, yo ya no entiendo nada.

—No jodas, boludo, es un historión y no se me ocurre cómo carajo seguirla.

El gordo, acostumbrado a no gastar energías en pavadas, se fue hasta la escuela de la chiquita. Sacó más de trescientas fotos en el lugar: la nena con sus maestras, la nena con sus amiguitas, la nena en la fila mirando cómo izaban la bandera, y el momento justo en el que la nena sufrió una crisis de nervios y empezó a gritar y a llorar ante el estupor de todos. Ésa fue la tapa del diario: la nena mirando a un costado con cara de terror.

—Esto es pura mierda —dijo el gordo en el medio de la redacción, revoleando el diario contra una pared. Fue el llamado telefónico de Juánez lo que lo hizo, por un segundo, dejar de sentirse el tipo más hijo de puta del mundo.

—Gordo, ¿vos sacaste la foto que está en la tapa?

—Sí, esa mierda es mía —la voz se le quebró, nunca se había sentido tan mal tipo—. Si me vas a putear, dejá, Juánez. No estoy orgulloso de este laburo.

—No, gordo. Revelá todo el material que tengas y venite lo antes que puedas a verme —hizo un silencio—. No digas nada en el diario, ¿puede ser?

—Olvidate, voy para allá.

Durante toda una noche, Juánez y el gordo miraron cientos de fotos. Una por una. Con una lupa repasaron al detalle cada una de las caras retratadas. No fue en vano. La foto usada en la tapa del diario era la clave: había captado el momento exacto en el que la nena entra en una crisis. Los ojos de la chiquita sólo mostraban terror, algo la había asustado.

—Fijate, gordo, la pibita está mirando a un costado. —Los dos estaban casi recostados sobre la foto original de la tapa. —Armemos la secuencia de todo lo que hay a la derecha de la nena.

—Tenés razón, Juánez —dijo casi en un susurro—. Lo que la asustó estaba en el colegio.

Armaron una especie de *collage* fotográfico en el piso de la oficina de Juánez, y se pararon frente al rompecabezas que, a simple vista, sólo reflejaba caras y momentos. Juánez y el gordo tardaron horas en armarlo y sólo cinco minutos en descifrarlo.

—¡Hijo de puta! —gritó el gordo, sin dejar de mirar las fotos. Juánez ya había agarrado el teléfono para empezar a dar órdenes.

—¡Urgente, manden un patrullero a la casa del director del colegio de la nena de Luján! —gritó el investigador en el teléfono—. Ya consigo una orden de allanamiento.

Ese día el gordo fue un héroe. Las fotos que él había sacado resolvieron un caso. Había sido la llegada del director lo que aterró a la nena. El momento en el que víctima y victimario se encontraron en el patio había sido retratado: la nena gira la cabeza, clic. Se le llenan los ojos de lágrimas, clic. Grita, clic. Todos se acercan a ayudarla, clic. El director la mira con odio, clic. El director mira al suelo, clic. El director se tapa la cara con una carpeta, clic. El director se va del patio, clic.

«Sin mí no sos nada», solía decirle el gordo a Juánez cada vez que se encontraban. Una suerte de código que había sobrevivido al paso de los años. Juntos habían conseguido que un director de escuela pedófilo y asesino fuera condenado a prisión perpetua. Ninguno de los dos había olvidado esa historia, aunque fingieran haberlo hecho. El gordo tenía la foto de la nena puesta en un marquito de plástico celeste en la biblioteca de su casa. Juánez había preferido guardarla en un baúl de recuerdos que usaba como mesa ratona en su departamento. Muy pocos se acordaban que habían sido héroes por un rato, y ellos disimulaban jugando al gato y al ratón. Juánez, el botón, el rati, el cana. El gordo, el chacal, el carroñero, el cuervo de la prensa amarilla.

—Gordo, no te lo repito más. Atrás de la valla.

—Una fotito, Juánez —insistía el fotógrafo—. Están viniendo de todos los medios. Saco una ahora y listo. Les cago la tapa.

Juánez se dio vuelta sin decir nada y caminó hasta su auto. Escuchó el clic a sus espaldas y notó el fogonazo del flash. Se acomodó en el asiento fresco de su auto y vio cómo el gordo salía de la zona prohibida, se metía en su auto y se iba con la foto que necesitaba.

El teléfono que había quedado en el asiento titilaba. Juánez leyó un mensaje de texto que acababa de entrar: «Sin mí no sos nada, botón». Largó una carcajada. El gordo ganaba siempre. Decidió descansar un rato en el auto hasta que la morguera se llevara el cuerpo de Gloriana Márquez.

Apoyó la cabeza contra el vidrio, las manos sobre el volante y cerró los ojos. Antes de dejarse llevar por el sueño, no pudo evitar pensar que, a esa altura de la madrugada, ya todos los periodistas estaban al tanto del crimen. El show estaba por comenzar.

9

Hoy casi me muero. Ni de risa, ni de dolor, ni de amor. Hoy casi me muero de muerte.

El mar de Montañita es único. Es el Pacífico, pero cálido. Es el paraíso de los surfers, aunque por momentos no tiene olas. Como esta mañana, en la que el agua se veía mansa, parecía mansa. Pero no.

Me levanté temprano, más temprano que de costumbre. Mi abuela siempre me decía que «hay que aprovechar el día», y eso hago desde hace años, y por eso, de tanto aprovechar, casi me muero.

La mañana era limpia. El sol estaba perdiendo su piedad. La arena blanca se sentía tibia. Tibia, no caliente, porque en Ecuador la arena no quema nunca. Un misterio ese de la arena. Nunca pregunté los motivos, no por falta de interés, sino por sobra de ganas, ganas de que este lugar siga guardando alguna intriga para mí. Pero ahora pienso que, si hoy me moría, me iba con la duda sobre la temperatura de la arena. Mi abuela también decía que sólo un insolente pretende saberlo todo. No sé si eso aplica a algo tan simple como la arena, pero no me animaría a desafiar las verdades de mi abuela. Por eso prefiero albergar algunas dudas.

En esta cuestión de la arena pensaba cuando caminé, decidida, hacia el mar. Apenas toqué el agua con los dedos del pie, sentí la necesidad imperiosa de zambullirme. Cálida y transparente. Me saqué la pollera blanca que suelo ponerme sobre el traje de baño y amagué con sacarme el pañuelo que tenía en la cabeza como vincha. No lo hice. No sé por qué no lo hice. Y ese pañuelo color coral marcó la diferencia entre casi morirme y morirme. Por eso a ese simple trozo de tela le puse de nombre «Casi». Me gusta ponerle nombre a los objetos; es un modo de hacerlos míos, más míos. A falta de personas a quienes llamar, a quienes poseer, suelo darles propiedades humanas a las cosas. No estoy loca. Es la soledad.

Empecé a internarme, de a poco. El agua al tobillo, a la rodilla; luego en los muslos, en la cintura, en los hombros. Ya estaba adentro. Nadé, o mejor dicho me deslicé con la cabeza afuera y los ojos cerrados. Un placer. Mientras flotaba haciendo la plancha, pensé en Buenos Aires. Siempre pienso en Buenos Aires. Pensé: Mientras yo estoy sumergida en este mar tan fabuloso, en Buenos Aires hay gente que deber tener calor; que se debe estar quejando de la humedad, de la basura en las calles, de cualquier cosa; porque básicamente en Buenos Aires la gente se queja. Siempre. Qué no daría yo por cinco minutos de esa humedad tan porteña, de ese olor a nafta mezclado con aromas de comida, que siempre se huele en el ambiente. O por caminar y ver pasar a los vecinos en ojotas, porque en Buenos Aires, en verano, la gente se disfraza de vacaciones, como si la playa estuviera a la vuelta de la esquina de Cabildo y Juramento. Nunca volví a Buenos Aires. No porque no pueda, sino porque no quiero. Cuando me fui, estaba segura de que iba a volver pronto. Y en eso de pensar en volver pronto, fueron pasando los años. Veinte años.

Abrí los ojos, sorprendida por mis propios pensamientos. ¿Veinte años ya pasaron? Y, tras la pregunta, mi mirada buscó la costa.

No llegaba a verla. Muy de vez en cuando el oleaje suave me levantaba, y ahí sí veía la playa, pero estaba muy alejada. Cada vez más. Intenté nadar hacia la orilla. No pude. Una especie de pared de agua me impedía avanzar. Probé otra vez, y nada. Y otra vez, en vano. Aterrada, no sólo empecé a perder el control de mi cuerpo; mis emociones me empezaron a jugar una mala pasada. Bronca, angustia, enojo. No me podía estar pasando esto. A mí, no. Se me nublaron los ojos, y un grito agudo me dejó ensordecida por unos minutos. ¿Era mío ese grito? ¿Yo grité? No, ésa no era mi voz. Y otra vez el grito, esta vez, más fuerte. Me tapé los oídos, mientras me mantenía a flote moviendo las piernas. No me servía de nada: me estaba hundiendo. Y entonces mi voz se confundió con otra voz.

«¿Qué sentís? Te estás muriendo. Hablame, Lunga, ¿te gusta morirte?»

Saqué la cabeza del agua. Miré para un lado, miré para el otro. No había nadie. Agua, sólo agua. Pero ella me habló. Era ella. Sin dudas. Se sigue burlando de mí.

«Sí, Lunga, soy yo. Estoy acá. Nunca me fui. Morite, dale, así estamos iguales.»

Empecé a temblar. El agua cálida se volvió helada. Los pulmones me ardían. El corazón se me salía del pecho. Era ella. Había venido a buscarme. Y se reía, como siempre, se reía.

«¡Ay, Lunguita, qué complicada te veo! Morite, hija de puta, ahora te toca a vos.»

Me decía «Lunguita», peyorativamente, como siempre. Pasaron veinte años, pero todo sigue igual. Nada cambió, pensé.

—¡No me voy a morir! —dije con la mayor fuerza que pude, aunque sabía que le gritaba a la nada. Yo también necesitaba gritar. —¿Escuchaste? ¡No me voy a morir! ¡Dejame en paz, turra de mierda! Me cagaste la vida. Yo voy a decidir cuándo me muero, no vos. ¿Me escuchás?

Silencio. Los ojos se me despejaron de golpe. El agua volvió a ponerse cálida. Otra vez estaba sola. Ella se había ido. Los fantasmas guardan los mismos defectos y debilidades de los cuerpos que los habitaron. Y yo sabía todo de ella. Sabía cuándo hacerla hablar y, sobre todo, cómo hacerla callar. Pero el mar seguía siendo una trampa perversa. No me dejaba salir, me tenía atrapada. Respiré hondo y empecé a administrar mis fuerzas. Ya no hacía pie, sólo podía flotar. Armé una estrategia: mover las piernas para descansar los brazos, y alternar los movimientos a medida que me iba agotando. Era una buena opción, ¿pero cuánto tiempo podía aguantar haciendo esos movimientos?

No había a quién pedirle ayuda. Era imposible que la gente de la playa me escuchara. Lo único que me quedaba era el agua y me estaba reteniendo. Y fue en ese momento cuando, de manera automática, me saqué el pañuelo color coral que tenía en la cabeza y lo empecé a agitar, sosteniéndolo en alto con mi mano derecha. Entonces, a la distancia, pude ver que alguien venía hacia mí. Cuando estuvo un poco más cerca, logré distinguirlo: Era un chico braceando sobre una tabla de surf. En cuanto empecé a sentir alivio, el surfista ya estaba a mi lado ofreciendo, generoso, su tabla.

—¡Aquí estoy, chica! ¡Suba a la tabla de surf y recupere el aire! —gritó agitado.

Sólo atiné a subirme, sin poder decir nada. Me gustó que me dijera «chica». Me gusta aparentar menos años. Aunque el tiempo y la realidad no puedan nunca detenerse.

—En esta zona hay una corriente marina muy tramposa, chica, nadie sale solo. Usted se sube, hace remo con los brazos y yo voy empujando a Sirena hasta la costa.

—¿Qué decís? No entiendo —pude balbucear.

—Así se llama mi tabla: Sirena.

Me acosté sobre Sirena, boca abajo. Las piernas abiertas, los brazos flotando, en forma de cruz. Apoyé la cara sobre la madera y cerré los ojos. Parecía muerta. Parecía ella. Me pareció verla. Fue un segundo. La musculosa azul, la bombacha negra, la tobillera dorada con corazoncitos, la que le regalé para su cumpleaños. Y la sangre. Esa sangre inmerecida, desproporcionada. Sentí unas ganas enormes de llorar pero, no sé por qué, me empecé a reír a carcajadas. Veinte años. Resultaba todo tan lejano. Tan muerto. Clausurado.

—Chica, deje de reír. Nada es gracioso. Esta corriente nos está metiendo más adentro. Tú mueve tus brazos, yo empujo.

—Mejor al revés, mis brazos están acalambrados. —La risa se me empezaba a desdibujar, no tenía más fuerzas y el rescate todavía no había empezado.

—Imposible, tú no sabes cuándo empujar. No sabes qué ola nos saca y qué ola nos mete más adentro.

—No puedo. No voy a poder.

—Sí vas a poder. Vamos, chica, no queda otra.

Tenía que bracear, mientras él empujaba ante la ola correcta. Un error, una ola tramposa, y el chico, Sirena y yo pasábamos a ser una anécdota.

—Okey, chica. Uno, dos, tres. ¡Vamos, rema! —gritó desesperado.

Una ola buena estaba por debajo de nosotros. Avanzamos mucho, aunque en el medio de semejante inmensidad, esas brazadas eran nada.

—Ahí viene otra. ¡Vamos, chica, es ahora!

Me ardían los pulmones. En la boca tenía un gusto salado insoportable. Tal vez era el agua del mar. O lágrimas, no sé. Sí, la risa había devenido en llanto. Eran lágrimas.

—¡Otra, ahora, chica!

Tanto esfuerzo y, sin embargo, estábamos a mitad de camino.

—No puedo más. Descansemos un poco, por favor.

—*Tú estás loca, chica. No podemos parar. ¡Rema!*

—*No puedo.*

—*¡Rema, chica! ¡Rema por tu vida!*

No sé si fue el tono de su voz. O esa frase: «Rema por tu vida». Ofició como un mantra de poder. Como la varita mágica del hada buena de la Cenicienta. Y remé, esta vez sí, remé por mi vida. Y por la de él.

10

La última ola buena nos llevó lejos, directo a la playa. Quedamos tirados en la orilla, extenuados. Durante un rato permanecimos así: boca arriba, con los ojos cerrados, de cara al sol; la respiración entrecortada, y una sensación de haber vencido al enemigo.

—Gracias —le dije mientras movía lentamente brazos y piernas para comprobar que cada cosa seguía en su lugar.

—No hay nada que agradecer. Sólo cumplí con mi misión.

El tono protocolar que usó para hablar de «su misión» me sorprendió.

—No entiendo, ¿sos guardavidas?

—En parte sí. Me gusta la palabra guardavidas. Yo guardo las vidas de la gente. Y a veces, como hoy, también las salvo.

—Bueno, me parece que estás un poco agrandado —dije, y me reí mientras me sentaba y me sacudía la arena del cuerpo.

—¿Agrandado? No. Yo soy grande. Yo vine a este mundo a salvarlo del mal.

Ya no me gustaba la conversación. El chico decía incoherencias con los ojos cerrados. Tenía ganas de levantarme y dejarlo solo con sus pavadas, pero me parecía una descortesía, teniendo en cuenta que acababa de rescatarme del mar. Decidí cambiar de tema.

—¿Cómo te llamás?

—Tapuy.

—¿Tapuy? ¿Qué nombres es ése?

—Es un nombre de leyenda. Una leyenda ecuatoriana. Y tú, ¿cómo te llamas?

—Minerva.

Se rio, nos reímos.

—¿Minerva? —preguntó imitando mi tonada argentina, y agregó, imitándome otra vez—: ¿Qué nombre es ése?

—También es un nombre que proviene de una leyenda. Una leyenda de la mitología romana —le expliqué.

Nos sentamos en la orilla. Tapuy tiene dieciséis años y una mirada extraña. Destellos de tristeza. Destellos de picardía. Nació en Ecuador, en la ciudad de Baños, a los pies del volcán Tungurahua. En el medio de la selva más tupida, pasó los primeros años de su vida. Su casa era un rancho de adobe que, según él, fue construido por duendes, con los que asegura tener, todavía, algún tipo de contacto. Es un chico fantasioso Tapuy. Su familia está compuesta por un papá con edad para ser su abuelo y una mamá muy joven. Asegura que no tiene hermanos porque no los necesita, como si esa circunstancia fuera una decisión de él, como si sus padres se limitaran a acatar las órdenes de este único hijo.

—Cuando cumplí los siete años, nos fuimos de Baños y nos vinimos a vivir a Montañita. Aquí, por primera vez, vi el mar. Yo pensaba que era una mentira de los turistas que venían a conocer la selva, no creía que el mar existiera. Y decidí aprender a domar el mar.

—A nadar, querrás decir.

—No, a domarlo. Tú nadas y casi te ahogas. Yo lo domo, por eso te salvé.

Otra vez se convertía en un egocéntrico insoportable. Tapuy era muy delgado y bastante petiso para su edad. Pero su cuerpo era fibroso y sus músculos se dejaban ver.

—Acá, en Ecuador, todos deben ser domadores, Tapuy. Se la pasan en el mar o en el gimnasio. Cuerpos esculpidos es lo único que veo.

—Los que somos pobres desde chicos tiramos y levantamos redes de pesca cargadas de camarones, langostas o cangrejos. Llevamos sobre la espalda kilos de bananas o guanábanas arrancadas a la naturaleza para vender en las rutas turísticas a pleno rayo del sol, o caminamos kilómetros de playa arrastrando unos carritos precarios, para intentar ganar unos centavos de dólar ofreciendo ceviche. Así nos ganamos la vida en Montañita.

No era la primera vez que escuchaba las historias de la pobreza ecuatoriana, ostentaban sus desgracias permanentemente. ¿Qué sabrá este chico de desgracias?, me preguntaba yo mientras él me contaba. No tiene idea de con quién está hablando. Pero, claro, a Tapuy le gusta dar lástima. A mí, no.

—Tapuy, muy triste todo, pero desde hace un tiempo las cosas empezaron a cambiar. Montañita se puso de moda. Es la atracción turística de miles de surfistas del mundo, que se vienen hasta acá a domar, como decís vos, el mar.

—Los gringos no doman nada. Este mar ya fue domado hace años por chicos pobres e indios como yo.

Insistía, era cabeza dura. Parecía olvidar que las callecitas de tierra del centro de Montañita, de a poco, se fueron poblando. Los ranchos de adobe y ramas de palmera se convirtieron en posadas y bares. Fueron ellos quienes les dieron la bienvenida a los hippies que venían desde Europa a instalarse con sus artesanías, convencidos de haber encontrado en la costa ecuatoriana o en la ruta del Sol, como también se la conoce, su lugar en el mundo. Gracias a los gringos, ya no viven sólo de la pesca; ahora el turismo es la mayor fuente de ingresos, y hasta el gobierno arregló la ruta que lleva y trae a los turistas desde Guayaquil y el inglés, por momentos, parece ser la lengua materna de todos. Los jóvenes de Montañita encontraron la manera de zafar de un futuro de sacrificados pescadores que, de manera inexorable, la pobreza les tenía destinado. Ahora, todos son instructores de surf y guías turísticos. Los artesanos siguen siendo los europeos.

Tapuy no es la excepción. Por la mañana corta cebollas, ajíes y pescado para preparar ceviche y tacos en la cocina de un parador de playa; por la tarde inicia en el surf a los turistas por 15 dólares la hora. Sus dos actividades me salvaron la vida: limpiaba langostas en el parador cuando levantó la cabeza y le llamó la atención que alguien moviera con tanta desesperación algo de color coral. Y gracias a su destreza con la tabla, aquí estoy.

—Bueno, Minerva, me voy yendo —dijo interrumpiendo mis pensamientos, mientras se levantaba y sacudía la arena de Sirena, la tabla milagrosa—. Tengo que seguir con mi turno en la cocina del parador. Pero antes de irme le voy a dejar un consejo.

Le clavé los ojos.

—En estas aguas hay una corriente muy fiera. Justo aquí, frente a Montañita. Nadie la puede ver, y cuando uno la descubre, ya es tarde. No se sabe cuándo aparece, ni cuándo se va. Es el gran secreto de estas aguas. Un desafío para los domadores, como yo. Esta vez, tú y yo le ganamos. Tenga cuidado, chica, que no da segundas chances.

—No pienso volver a desafiarla. Pero aunque te cueste creerme, yo también soy domadora.

Me paré y le extendí la mano; me devolvió el saludo con un apretón. Su mano era áspera y callosa. Nos quedamos en silencio. Por primera vez lo miré directo a los ojos. Eran verdes, como los míos. Pero algo en la mirada del chico no estaba bien, algo desentonaba.

—Tapuy, ¿qué tenés en el ojo derecho?

—La Virgen.

—Yo veo una mancha.

—Cuando tengas el alma limpia, dejarás de ver una mancha y verás a la Virgen en mis ojos.

Me acerqué, quería observarlo de cerca. Hice un esfuerzo para distinguir una Virgen en lo que claramente era una sobrepigmentación en la retina. Hice el esfuerzo tal vez para demostrarle o demostrarme que tenía el alma limpia, pero fue en vano. Seguí viendo una mancha marrón sobre el verde claro de su ojo.

—No la veo, Tapuy. Pero si vos decís que es una Virgen, debe serlo.

—No lo digo yo, Minerva, lo dice Dios. Fue Él quien me puso esta marca para demostrar que yo era el elegido.

Otra vez el chico empezaba con sus delirios místicos. Y como la paciencia tiene un límite, hasta con quien te salvó la vida, decidí dejar las cosas como estaban.

—Muy bien, Tapuy, es la Virgen entonces.

Se dio media vuelta y se fue, arrastrando a Sirena. Era un chico especial. Con o sin la Virgen en los ojos.

11

Había dormido sólo tres horas. Manoteó con desgano el despertador que sonaba, insistente, en la mesita de luz.

—La puta madre —murmuró Juánez. Un vaso con agua interrumpió el manotazo. Se escuchó cómo el cristal se hacía añicos contra el suelo.

Se quedó por un rato tendido en la cama boca arriba, en la semioscuridad de su cuarto. El ruido del aire acondicionado podría haberlo arrumado hasta dormirlo nuevamente, pero en su cabeza miles de pensamientos le impedían relajarse, a pesar del cansancio y de las pocas horas de sueño.

Tenía que levantarse, pegarse una ducha, cambiarse, y meterse en Internet. Eso era lo más tedioso: leer la portada de los diarios *on line* y ver si ya había llegado a los medios el asesinato de la chica de zona Norte. O mejor dicho, ver de qué manera había llegado la poca información que había. Esa tarea solía hacerla Juliana. En ropa interior, a veces desnuda, le leía la tapa de los diarios. Ambos sabían que no era un hecho informativo, era un acto de seducción que ella ejercía con maestría de geisha. Cualquier cosa que escribieran los periodistas era inocua si era ella la que le leía las noticias. Fue el mejor año de su vida. El año que vivió con Juliana.

La había conocido en un supermercado. Juánez recorría con el carrito las góndolas y la vio a la altura de los lácteos. Se quedó impresionado. Ella cortaba el aliento: alta, con un cuerpo escultural, el pelo negro hasta la cintura y unos ojos de un color raro, entre celeste y gris, que Juánez nunca pudo definir. La chica con sus shorcitos de jean y una musculosa roja, demasiado pequeña para sus curvas, circulaba como si todo el mundo le debiera algo. Fabulosa, fue el adjetivo que a Juánez se le vino a la cabeza, y en un murmullo, a los labios. Por un segundo pensó en hablarle, pero ¿qué decirle? «Hola, tengo cuarenta años, me mantengo en forma, vivo solo y soy un súper policía.» De sólo pensarlo se le escapó una carcajada. Asumió que mujeres como ésas no son para hombres como él.

Estaba por acercarse a la verdulería del supermercado cuando un movimiento en la chica le llamó la atención. Se acercó despacio, dejó el carrito quieto para que las ruedas desvencijadas no la alertaran. Otra vez, el movimiento. Ahora sí, no cabían dudas.

—Imagino que tiene pensado pagar esos yogures que está metiendo en la cartera, ¿no?

Se lo dijo en voz baja, por la espalda, casi al oído. Podría haber avisado a la gente de seguridad del local, pero Juánez era policía, no buchón. La chica se dio vuelta, lo fulminó con sus ojos celeste-grises.

—No, no pienso pagarlos. Salvo que usted sea el dueño del súper, no creo que tenga que darle ninguna explicación al respecto.

Hurto en flagrancia, eso era lo que estaba ocurriendo ante los ojos de uno de los mejores policías del país.

—Le pido, por favor, que devuelva esos productos a la heladera. Yo voy a hacer que no vi nada y todos contentos.

—¿Todos? ¿Quiénes son todos? ¿Usted y quién más? —lo desafío—. No me haga reír, siga su camino y métase en sus cosas.

—Señorita, *éstas* son mis cosas. Soy policía, no me obligue a mostrarle mi placa. Usted está robando, me lo acaba de confesar, y no puedo permitir que eso ocurra delante de mis ojos.

Intentó poner la voz firme pero no pudo. Sin embargo, siguió usando el tono más seductor que estaba a su alcance. Por primera vez en años de carrera, entendió lo que significa la impunidad de la belleza. La ladrona más bella que había visto en su vida lo desafiaba a puro escote. Se sintió un imbécil.

—¡Epa!, señor policía —se burló la chica mirándolo de arriba abajo—. Hagamos algo: yo pongo los yogures en la heladera y usted sigue con sus compras. ¿Le parece bien?

—Me parece perfecto.

La chica acomodó rápidamente los potes de yogur y hasta un sachet de leche; mientras lo hacía, Juánez decidió dar media vuelta y seguir con lo suyo. Era una buena salida. Ojos que no ven, corazón que no siente.

Veinte minutos después, el destino los volvió a unir en la fila de las cajas. Bueno, en razón de verdad, Juánez había forzado un poco al destino. La vio en una de las filas y se puso a esperar detrás de ella. Tenía el chango casi vacío y la cartera hinchada a más no poder. Cuando llegó el turno de la chica, el policía actuó.

—Mi amor, no te olvides de pasar lo que pusimos en tu cartera —dijo, y mirando a la cajera agregó—: Tienen que cambiar estos changos, es imposible manejarlos. Cuando se llenan, las ruedas van para cualquier lado y hay que andar cargando los productos en bolsos.

Mientras actuaba de marido solícito, le sacó la cartera a la chica y fue acomodando los yogures, leches, y hasta manteca que la chica había vuelto a guardar en cuanto Juánez se había dado por vencido.

—Ay, sí señor, todo el mundo se queja por lo mismo —dijo la cajera mientras pasaba los productos por la lectora de código de barras.

Juánez pagó su compra y la de la chica. La sostuvo del brazo, con firmeza, y la sacó del supermercado.

En la calle, bajo las luces blancas de la marquesina del supermercado, ella lo besó. Fue un beso profundo, cálido. Juánez largó las bolsas; se escuchó el ruido seco que hicieron al golpear contra el piso, y respondió con un abrazo intenso. Así empezó todo.

La extrañaba, no siempre, sólo en determinados momentos que tenían que ver con lo cotidiano. El amor devenido en ausencia tiene esas trampas.

Se levantó y fue directo al baño a pegarse una ducha fría. Se vistió cómodo y fresco —un pantalón de lino azul oscuro y una camisa blanca—; el día prometía ser sofocante. Desde que asesoraba al Departamento de Homicidios, el uniforme policial había quedado en el fondo del placard. Él iba por fuera de la fuerza. Los protocolos habían quedado lejos.

Se calentó el café del día anterior. Estaba horrible, pero no le importó; años de comisaría habían hecho inmune su paladar. Luego prendió la computadora y esperó que arrancara. Quería saber, necesitaba saber, qué estaba diciendo la prensa sobre el crimen de la noche anterior. Abrió una a una las páginas de los diarios *on line* que tenía guardadas en sus favoritos. A medida que iba leyendo, el café se hacía más rancio en su boca.

—La puta que los parió —murmuró—. La puta que los parió —dijo ahora, más fuerte.

Dejó la taza de café y apuró el paso hacia la mesita de luz, donde había quedado su celular. En el camino se clavó una partícula de vidrio del vaso que se le había caído un rato antes.

—¡La puta que lo parió! —gritó.

Se sentó en la cama. Con una mano marcó un número telefónico, mientras constataba qué tan grave había sido el corte en el pie. No era nada, apenas una pequeña herida. Del otro lado, el teléfono sonaba, insistente.

—Ordóñez, ¿qué carajo pasa? Hasta el diario más pelotudo tiene datos sobre el crimen de la piba.

—Buen día, jefe. No sé de qué me habla, no leo los diarios.

—Empezá a leerlos, querido. A ver si entendés: los periodistas no me marcan la agenda en una investigación, pero resulta que el ministro y los de más arriba del ministro, no leen las anotaciones que vos hiciste hasta las cinco de la mañana. Les importa un carajo lo que diga la puta escena del crimen, ¿me seguís? Ellos leen los diarios, por ahí siguen el caso —Juánez gritaba casi sin tomar aire—. Entonces, si un periodista escribe que sospechan del almacenero, vos tenés que ir a buscar al almacenero, preguntarle todo al almacenero, para que cuando el ministro me hable del almacenero, yo le pueda decir que su puto periodista escribe mierda. ¿Me seguís, Ordóñez?

Del otro lado de la línea hubo un silencio que se interrumpió con la voz atemorizada del cabo Ordóñez.

—¿Los diarios sospechan del almacenero?

—¡No, Ordóñez! ¿No ves que sos un pelotudo? Buscá a la mucama del novio de la chica muerta. En una hora la quiero en mi oficina.

—Sí, jefe, ya mismo.

Juánez no llegó a escuchar la respuesta de Ordóñez, para ese entonces ya había cortado la comunicación.

12

La sobresaltaron los golpes en la puerta. No fue sólo el ruido: la madera de baja calidad estuvo a punto de ceder, y hasta las paredes temblaron. Hacía ya un par de años que Alcira Quiñones había abandonado Perú con la intención de encontrar un mejor destino en la Argentina. Por intermedio de una compatriota consiguió un espacio en la Villa La Cava y empezó a armar su casita. Nunca pudo terminarla y así quedó: mitad de chapa y mitad de material.

Alcira era la empleada doméstica de los Liniers, un matrimonio y sus dos hijos varones, una clásica familia de la zona Norte. El horario de trabajo le resultaba cómodo: entraba después del mediodía y se quedaba hasta después de la cena. Aunque la casa era grande, como la señora Liniers era muy severa, cada uno se ocupaba de sus cosas. Cuando Alcira llegaba, las camas ya estaban hechas; sólo tenía que cocinar y, tres veces por semana, ocuparse de los baños o planchar las camisas del señor y de los chicos. Rodrigo y Matías habían dejado de ser bebés hacía rato, por lo que Alcira no tenía que lidiar ni con pañales, ni con caprichos.

El más chico tenía dieciséis, y Rodrigo, el más grande, veinticuatro. A pesar de que ya eran hombres, o parecían serlo, Alcira se ocupaba mucho de ellos: les cocinaba sus platos preferidos, lavaba y planchaba con cuidado sus remeras y ponía especial atención en que las mejores prendas estuvieran impecables para cuando llegara el fin de semana. Los chicos salían a bailar y estaban muy pendientes de la imagen que les devolvía el espejo. Los había visto crecer; tal vez por eso, los trataba como si fueran hermanos menores. Chistes, risas y hasta confesiones formaban parte de la relación que mantenían. Ellos solían avisarle cuando una noviecita iba de visita a la casa y, entre mate y mate, le contaban todo sobre esos noviazgos efímeros. La cocina era el mundo de Alcira y era allí donde los esperaba con galletitas recién horneadas o algún bizcochuelo de mandarinas, el preferido de Rodrigo.

En comprar mandarinas para hacer un bizcochuelo pensaba Alcira, mientras le pasaba un trapo con lavandina al baño de su casa. Fueron los golpes atroces en la puerta de calle los que, del susto, le hicieron volcar el balde con el agua sucia.

—Pero ¿quién es? ¿Qué pasa? —gritó saliendo del baño, al mismo tiempo que trataba de esquivar el charco maloliente—. ¡Ya voy! ¡Me van a romper la casa!

—Policía, abra la puerta, ya mismo.

La mujer abrió de manera inmediata, y no fue necesario que los invitara a pasar. Los dos policías, casi sin presentarse, entraron. Uno se dirigió directamente hacia las habitaciones, el otro la miró fijo. Alcira, ahora sí, empezó a llorar.

—¿Qué pasa? Por favor... No... entiendo... —intentó decir, pero las palabras no le salían—. Hay un error... por favor.

—Señora, somos de la División Homicidios —se presentó uno de ellos, a la vez que mostraba la placa muy al pasar, de manera mecánica—. Investigamos el crimen de Gloriana Márquez, y usted está muy comprometida. Así que se queda quieta hasta que revisemos su casa.

Como al pasar, también, el policía mostró un papel arrugado que, según él, era una orden de allanamiento. Alcira no lo vio, lo que acababa de escuchar la dejó sin capacidad de reacción. Tragó saliva, respiró hondo y por fin habló:

—Glo... Glo... riana... ¿está...mu... muerta?

—Ay, ay, ay... No se me haga la distraída, que de actrices como usted tengo llenos los calabozos.

La mujer estaba tan shockeada que ni registró la burda ironía del policía.

—Señor, por favor, ¿qué está pasando? ¿Qué le pasó a Gloriana?

—La mataron, la acuchillaron y, como el hilo se corta por lo más fino, usted tiene todos los números. ¿Por qué la mató?

—Yo no maté a nadie, no diga pavadas, por favor. —Las palabras se le atragantaban entre las lágrimas, el hipo y los mocos. —Me tiene que creer... Hable con mis patrones, ellos me conocen.

El hombre, que la miraba de arriba abajo, cruzó los brazos sobre su pecho y ostentó un gesto de disfrute ante la desesperación de la mujer. Un ruido potente los hizo sobresaltar a ambos.

—¿Qué rompiste, Arévalo? —gritó el policía sin sacarle los ojos de encima a Alcira. Desde la habitación de la mujer, Arévalo respondió:

—Nada, se me cayó un ropero —explicó, y mientras revolvía, agregó—: No encuentro nada, negro. Ni ropa con sangre, ni cuchillos, nada.

Alcira de a poco empezaba a entender realmente lo que estaba pasando: creían que ella había matado a la noviecita del hijo de sus patrones. De manera insólita, se tranquilizó. Se sabía inocente, no tenía nada que ocultar; podían dar vuelta la casa si querían, nada de lo que encontraran podía relacionarla con un homicidio. Nadie más iluso que un inocente. Le faltaba poco a Alcira para darse cuenta de que las sospechas, muchas veces, son más contundentes que las certezas. Y ella era la sospechosa.

En una bolsa de residuos, los policías guardaron las pruebas. O, mejor dicho, lo que podría convertirse en pruebas: un par de zapatillas muy usadas, el uniforme de empleada doméstica color celeste que Alcira usaba en la casa de los Liniers, una remera con una estampa de Marilyn Monroe muy desgastada, todos los cuchillos de la cocina y un manojo de llaves. De nada le sirvió a la mujer insistir en que las llaves eran las de su casa y las de la casa de sus patrones. Los policías sugirieron que, tal vez, podían llegar a ser de la casa de la chica asesinada.

El peor momento, el de mayor angustia, ése en el que creyó desmoronarse, ocurrió cuando le pusieron las esposas. Alcira Quiñones, la peruana, salió esposada de su casita de la Villa La Cava. Como una delincuente. Como una asesina. Mientras, escoltada por los dos policías, recorría el camino de tierra hasta el patrullero, escondió su cabeza.

Aunque avanzó mirando hacia el piso, igual pudo imaginar los ojos acusatorios de sus vecinos. La vergüenza le hacía arder las mejillas y el estómago con la misma intensidad. La tranquilidad que había sentido un rato antes había desaparecido. Ya no estaba tan segura de que ser inocente podía rescatarla de semejante situación. Ya no estaba tan segura, incluso, de ser inocente.

13

Juánez llegó temprano a su oficina en el Ministerio de Seguridad. Desde que había dejado su cargo activo en la fuerza y asesoraba a la brigada de Homicidios, sus horarios eran esclavizantes. Esa rutina autoimpuesta le estaba comiendo la vida. Cada vez dormía peor, comía peor y vivía menos. Empezaba a considerar como un error el cambio de trabajo, aunque no le habían dejado muchas alternativas. El ministro había sido claro: necesitaban a alguien con formación académica y de la otra, la de la calle, para guiar los caminos de la lucha contra el crimen. Así lo dijo, de manera grandilocuente: «guiar los caminos de la lucha contra el crimen». Para Juánez la propuesta había sonado a desafío. Y los desafíos eran una adrenalina difícil de esquivar. Aceptó.

En realidad, aunque a veces dudara y se quejara un poco, no había sido un mal trato: mejor salario, la posibilidad de usar sus conocimientos como perfilador de mentes criminales y de poder seguir yendo a las escenas de los homicidios. Pero, claro, todo eso llevaba tiempo, mucho tiempo, «horas hombre», como dicen los agentes de calle.

«Después de tantas horas, nos quedamos sin el hombre», suelen bromear.

Ahora, en su oficina, empezaba a contemplar la posibilidad de poner un sillón cama y evitarse el viaje de cuarenta minutos desde su casa. Así era Juánez, una marea de contradicciones.

El sonido del teléfono lo sacó de sus planes.

—Adelante, escucho.

—Jefe, estamos a dos cuadras.

—Perfecto, los espero.

Ordóñez había sido eficaz. Antes de irse a dormir, había mandado a sus dos compañeros a buscar a la mucama de los Liniers. Juánez quería interrogarla para evaluar si existían sospechas suficientes contra ella, y así sugerirle al fiscal instructor del homicidio de Gloriana Márquez la detención de la mujer. No habían pasado siquiera quince minutos, cuando la puerta de su oficina se entreabrió.

—Jefe, llegamos.

—Adelante, muchachos.

Los dos policías entraron, y se sacaron la gorra casi al mismo tiempo. Delante de ellos, Alcira Quiñones caminó unos pasos, esposada y con la cabeza todavía gacha.

—Sáquenle las esposas —ordenó Juánez con tono firme, y con escasa amabilidad se dirigió a la mujer—. Siéntese, señora.

La mucama levantó la cabeza y lo miró fijamente; enseguida tomó asiento y apoyó las manos, con timidez, sobre las rodillas. Los ojos se le empezaron a llenar de lágrimas.

—Señora Quiñones, necesito saber todo.

Alcira empezó a temblar.

—¿Todo sobre qué, señor? No entiendo.

—A ver si nos ponemos de acuerdo. ¿Usted conoce a Gloriana Márquez?

—Sí, claro.

—Bueno, esa chica fue asesinada, y la última persona con la que tuvo un incidente fue usted y teniendo en cuenta que Gloriana está muerta… ¿Entiende ahora?

—Sí… sí entiendo… pero yo no tengo nada que ver… Se lo juro —aseguró entre sollozos la mujer.

—Le sugiero que guarde las lágrimas para más adelante. Ahora tiene que hablar. ¿Qué relación tenía con la señorita Márquez?

—Ninguna. Bueno… Sí, de alguna manera. No.

—¿Sí tenía o no tenía relación con Gloriana Márquez? ¿En qué quedamos?

—Ella es… Digo, era… la novia del hijo mayor de mis patrones, de Rodrigo.

Juánez respondió con silencio. Sólo tomaba notas de lo que la mucama decía.

—Salen desde hace un año, más o menos —siguió explicando la mujer—. Habían estado peleados un tiempo, pero se estaban amigando. Es una pareja bastante inestable y ellos…

Juánez la interrumpió abruptamente

—Seguimos sin entendernos, Alcira. No me importa la relación entre ellos dos. Me importa la relación entre *usted* y la chica —dijo enfáticamente Juánez, mirándola fijo—. La escucho.

—Bueno, ella vino muchas veces a la casa de los Liniers y era bastante simpática con todo el mundo, menos conmigo. Al principio me saludaba, pero desde hace un tiempo ya no. Me ignora o me desprecia, no sé bien por qué.

—¿Qué relación tiene usted con Rodrigo?

—No entiendo lo que me pregunta... ¿Por qué me pregunta eso? ¿Qué me quiere decir? —Alcira fue elevando el tono de voz a medida que hablaba.

—No se altere y conteste.

—Tenemos una relación normal —dijo con cierto tono de fastidio—. Es un chico muy educado, lo quiero mucho y él me quiere a mí, eso creo.

—Hoy es viernes, ¿no es cierto? —preguntó Juánez, y Alcira asintió con la cabeza—. En algún momento del día de ayer Gloriana fue asesinada. Y da la casualidad de que usted discutió con ella el miércoles por la noche...

—Discutimos... No, bueno, en realidad, ella discutió conmigo.

El tono de voz de Alcira había cambiado. El gesto se le endurecía cuando hablaba de Gloriana. Parecía olvidarse de que la chica estaba muerta. No había piedad. Juánez tomó nota de ese cambio notable de actitud, mientras la mucama seguía contando.

—Ayer estuve toda la tarde cocinando un ceviche, a Rodrigo le encanta la comida peruana y dice que nadie macera el pescado como lo hago yo —dijo con sastisfacción—. Como mis patrones iban a ir a comer afuera y el otro hijo está en la costa, la idea era comer el ceviche con Rodrigo...

—¿La idea de quién? ¿Suya? ¿De Rodrigo?

—Bueno, no sé, supongo que de los dos. Lo llamé y le comenté lo que estaba cocinando y se puso contento.

—¿Y entonces?

—Alrededor de las ocho de la noche Rodrigo llegó, pero con Gloriana —explicó la mujer, sin poder ocultar la molestia.

—Pero con Gloriana... —repitió Juánez despacio, con cierta satisfacción—. Y claro, usted se enojó...

—No, no me enojé —contestó rápidamente Alcira—. Pero... no sé... La verdad es que ella sobraba.

Juánez no pudo evitar levantar los ojos del block de hojas amarillas en el que garabateaba palabras. «Ella sobraba», eso había dicho la mujer, y era tan importante, tan clave la frase que esa vez no se animó a repetirla delante de ella. Sólo volvió a escribirla y la subrayó varias veces.

—Siga, siga, la escucho...

—Los dos vinieron a la cocina, Rodrigo levantó la tapa de la cacerola y le empezó a explicar a la novia lo que era el ceviche.

—¿Y la chica qué hizo?

—Puso cara de asco y dijo que no le gustaba el pescado crudo —dijo la mujer, y la cara se le transformó.

—Sin dudas, usted se debe haber sentido rechazada, ¿no?

La mujer volvió a bajar la cabeza y otra vez se mostró indefensa.

—Un poco sí, pero Rodrigo le dijo que ella no entendía nada de comida rica y que tenía que probar mi ceviche. Me pidió que sirviera dos platos, uno en cada bandeja, y se fueron a comer a la habitación de él.

Alcira lloraba de nuevo. No quedaba claro si porque estaba sospechada de homicidio o porque su noche soñada había sido destruida. Pero algo resultaba evidente: esas lágrimas, esa angustia, no eran por la muerte de Gloriana.

—¿En qué momento se pelea con la chica?

—Al rato. Ella bajó furiosa, me gritó, me dijo que la comida era una porquería y que le preparara algo decente.

—¿Y usted qué hizo?

—Le grité también. Le dije que yo no era la mucama de ella y que si no le gustaba el ceviche se fuera a comer a un restaurante.

—¿Y ella se fue?

—No, ojalá se hubiera ido. Me dijo que yo era una negra de mierda, que le quería sacar el novio. Eso me dijo.

—Ajá… siga…

—Nada más.

—Siga, Alcira.

—Bueno, yo… me acerqué más a ella y le tiré de los pelos. —Su cuerpo temblaba, pero su voz era firme. —Y le dije que nos dejara en paz.

—¿Que los dejara en paz? ¿A quiénes?

—A todos.

—Alcira, ¿usted está enamorada de Rodrigo?

La mujer no contestó. No era necesario. Se tapó la cara con las dos manos, bajó la cabeza, y empezó a llorar de manera desgarradora.

Juánez cerró su cuaderno de notas. «Ella sobraba», ésa fue la frase que le quedó dando vueltas en la cabeza. La frase que quedó remarcada en la página.

14

«Minerva, querida, traeme el collar de perlas. Hace demasiado calor.» Con sólo seis años, luego de oír la frase tan deseada, Minerva ya sabía lo que tenía que hacer: buscar con urgencia, sin perder un solo segundo, esa joya. Era una demanda urgente. Su abuela Inés podía sufrir un bajón de presión si no tenía su collar. Ella insistía, con una pasión argumental demoledora, que las perlas refrescan, que absorben el calor del cuerpo de manera inmediata.

La niña dejó el rompecabezas por la mitad y corrió hacia la habitación de su Cocó. Siempre era gratificante abrir el mueble colosal de su abuela. Tiró despacito de las manijas de bronce de las dos puertas y respiró profundo, llenando sus pulmones con ese olor a talco de violetas que inundaba la habitación cada vez que se abría el ropero. Con el sentido del olfato empezaba la magia. Seguía con el de la vista: unas luces internas se encendían automáticamente y quedaba al descubierto una fila perfecta de estantes de vidrio esmerilado y de pequeñísimos cajones de madera labrada, con incrustaciones de oro en forma de florcitas.

Después era el turno del oído: una pequeña cuerda sobresalía a un costado; Cocó le había enseñado a girarla cada vez que abría el mueble. «Si la música suena, es que sos mi nieta preferida», solía decirle en voz bien baja, muy cómplice, a modo de desafío. La musiquita siempre sonaba para Minerva. Y por último, llegaba el turno del gusto: en el primer estante, al alcance de la mano, invariablemente había una caja forrada en pana violeta llena de bombones de fruta. «Uno por vez», indicaba la abuela, y Minerva respetaba la orden a rajatabla.

El ritual se repetía, del comienzo al fin; ya estaba instalado en su memoria. Eran siempre los mismos gestos, las mismas frases. Como si se tratara de la escena clave de una obra de teatro, representada día tras día sobre un mismo escenario. «El mueble de los sentidos», así lo recordaría Minerva de por vida. También recordaría a su abuela como el único ser con la facultad de convertir en realidad sus deseos, hasta los más difíciles o imposibles.

Se tenía que parar en puntas de pie para llegar al alhajero. Primero rozaba el nácar con sus dedos, después lo apretaba fuerte, con las dos manos hacia arriba, y, sin soltarlo, lo sacaba del estante más alto. Así le había enseñado la abuela Cocó. «Cuidado, chiquita, ese cofre es una joya en sí misma. Es de nácar rosa. Nadie tiene una pieza igual. Ni te deberías lavar las manos después de tocar semejante obra de arte», era la frase anterior a la apertura del tesoro.

Ese día, como las veces anteriores, con un gesto casi reverencial, Minerva abrió el joyero. Adentro estaba forrado con seda de color azul marino; tenía tres compartimentos pequeños, donde la abuela guardaba anillos de oro y piedras. En el medio, el espacio más grande estaba reservado para el collar de perlas. Un collar de dos vueltas, unidas por un broche de platino y pequeños diamantes con forma de corazón.

Esa alhaja era la debilidad de Cocó. Siempre encontraba alguna excusa para usarla: una boda, un cumpleaños, una salida importante. O el calor. Como en ese momento. Ella decía que como las perlas nacen y se crían dentro de una ostra, en el mar, guardan en su memoria la frescura del agua y del viento que agita las mareas. Sostenía este argumento con tanta certeza que nadie se animaba a discutirle. Las perlas refrescan y punto.

«Acá está, Cocó», susurró la pequeña Minerva. «Gracias, mi querida», fue la respuesta de la abuela, acompañada de una amplia sonrisa. La frase final, el gesto ansiado por Minerva y, además, la mirada amorosa, agradecida, de su abuela.

Entonces Cocó se puso el collar con el alivio de quien toma un analgésico ante la urgencia de un dolor de cabeza. Ahora sí, con las perlas en el cuello, se sentía mucho mejor. Con una sonrisa, la nena volvió al rompecabezas y la abuela, a su bordado.

Para Minerva, además de atractiva, su abuela era una señora excéntrica y un poco loca. Sólo con los años pudo darse cuenta de que su Cocó era una aristócrata, bastante esnob, que tenía aceitada la mecánica de hacerse la tonta para tener a todo el mundo a su disposición. A pesar de eso, la amaba con locura y le resultaba encantador que, habiendo sido un ama de casa toda su vida, sólo supiera hacer gelatina de frutillas y scones. Su marido la había malcriado hasta el hartazgo. Tal vez por amarla demasiado, tal vez por temor a perderla, había convertido a esa mujer de la alta sociedad en una señora caprichosa y calculadora. El Tata, así lo llamaban al abuelo, se angustiaba mucho cuando pensaba qué sería de su Inesita si él se moría primero.

—No sabe cocinar, nunca trabajó, confunde el valor de los billetes. ¡Ay, Dios! ¿Qué va a hacer la abuela sin mí? —solía quejarse en cada reunión familiar. Y ella, la indefensa, lo miraba con una media sonrisa y decía:

—No te amargues, mi amor, siempre va a haber alguien dispuesto a ayudarme.

Y con esa frase, dicha en un tono casi desgarrado, la abuela Cocó comprometía a todos los que habían escuchado el diálogo de la pareja, asegurándose un futuro tan cómodo como su presente.

—¿Alguien quiere más gelatina? —Con el ofrecimiento de su único arte culinario, daba fin, siempre, a la manipulación más perfecta.

Nadie parecía haberse percatado de que la abuela era la más fuerte de la familia. Olvidaron —o nunca tuvieron en cuenta— que, a fuerza de sonrisitas y media voz, le había impuesto a su hija hasta el nombre de esa nieta que era su debilidad: Minerva. Fue tajante aquel día, en la clínica donde su hija acababa de parir a una nena hermosa. Había entrado en la habitación con un tapado de astracán negro, un peinado impecable y su famoso collar de perlas. Se paró frente a la cama, miró a su hija a los ojos y, con sonrisa seductora y mirada segura, anunció:

—Estuve pensando… Mi nieta no va a ser una niña común y corriente. Ponele Minerva, haceme caso. Este nombre la va a proteger en cualquier circunstancia.

Todos sabían que Inés era una gran coleccionista de lechuzas. Las bordaba en sus almohadones y las pintaba en sus acuarelas; de madera, cerámica o piedra, las compraba en cada uno de los viajes que hacía acompañando al abuelo. Con la cabeza en alto y tras un giro grandilocuente, remarcó:

—Haceme caso. Se tiene que llamar Minerva. Yo sé lo que te digo.

Tras esas palabras, dio media vuelta y se fue. La hija sonrió complacida. Estaba acostumbrada a los arranques teatrales de su madre y a sus predicciones certeras.

—Minerva —murmuró acariciando a su beba—. Minerva.

15

Inés María Quesada era la quinta hija mujer de una familia tradicional y católica. Los Quesada formaban parte de la oligarquía argentina. Se había criado en esa época en la que la aristocracia presentaba claras divisiones y abarcaba muchos subgrupos sociales: la clase media acomodada, que veraneaba en Mar del Plata y se alojaba en el Hotel Confortable o en el Royal; la clase media más pudiente, que lo hacía en el recién inaugurado Hotel Bristol, o la oligarquía más elitista, con mucha figuración social, que se alojaba también en ese hotel, pero en el último piso, reservado exclusivamente para la *crème de la crème*. A ese último grupo pertenecía Inés o Inesita, como solían llamarla.

Su padre, don Estanislao Quesada, fue uno de los que más presionó al entonces comisionado de Mar del Plata, para que se construyeran ramblas y explanadas de las que disfrutarían futuras generaciones. «Mi padre es el dueño de toda esta calle, y creo que del mar también», solía decir la niña Inesita durante sus caminatas marinas, ante la mirada atenta y satisfecha de su madre, doña Lourdes María Lainez de Quesada, que ni se molestaba en aclararle que el mar no estaba dentro de las propiedades de la familia. Así se había criado la niña, creyendo que todo, absolutamente todo, le pertenecía.

Tuvo una infancia feliz, rodeada de afectos, de caprichos propios y ajenos, y de situaciones que todo el tiempo le recordaban que ella era la mejor, la más bella, la más inteligente y en la que había puestas más expectativas. «Inesita es una princesa. Está criada para casarse con lo mejor de la sociedad», solía decir doña Lourdes, su mamá. «El cielo está al alcance de sus manos.»

Cuando hablaba de «la sociedad», reducía el concepto a la elite porteña de la época, unos pocos privilegiados que manejaban los destinos económicos y políticos del país; el resto, los humildes, o «la palurda clase media», como solían decir, ni figuraba dentro de la sociedad en la que se movían los Quesada. La niña no los defraudaba, por eso sus desplantes de rica eran tomados como auténticas virtudes. «¡Qué personalidad tiene Inesita!», «¡Qué plantada está en la vida!», repetían todos a coro, sin darse cuenta de que ellos eran las principales víctimas de esa nena déspota y malcriada.

El tiempo fue pasando, y la adolescencia convirtió a Inés en una verdadera belleza. Era alta y flaca. Tenía un pelo brillante, de color caramelo, que contrastaba a la perfección con unos ojos de un tono indefinido: unos días verdes, otras veces grises como el acero. Su madre era la encargada de vestirla con lo último de la moda europea. Las medidas de Inesita estaban agendadas en las mejores sastrerías femeninas de Francia, desde donde le mandaban toda la colección de temporada dos veces al año. Tan reconocida era su belleza y su glamour que incluso la tienda Gath & Chaves, de la calle Florida, llegó a ofrecerle a doña Lourdes la excepcionalidad de vestir a su bella hija.

—No, mis queridos, Inés María sólo usa ropa de factura europea —respondió la madre con la esperable soberbia.

La ostentación estaba bien vista. «Las cosas bellas y caras están para mostrarse», ése era el código con el que se movía la alta sociedad porteña.

Los Quesada no faltaban jamás a la fiesta de la Recoleta, todos los 12 de octubre, frente a la Iglesia Nuestra Señora del Pilar. Una semana en la que los ricos dejaban sus actividades para reunirse en la plaza y disfrutar de desfiles, juegos y comida al aire libre. Los hombres, con sus galeras de felpa y sus bastones de madera, con puño de oro o marfil, se ponían al día con la política, los negocios y las noticias que llegaban de Europa. Las mujeres, vestidas con llamativos y elegantes volados de seda, sólo estaban atentas a una cosa: buscar la mejor unión para sus hijos e hijas.

Mientras eso ocurría, los jóvenes, ignorando que sus destinos se tejían entre masas, bombones y tazas de té de loza inglesa, se aburrían. Los varones buscaban la manera de escarparse de las fiestas para juntarse en algún teatro de variedades o en los café-concert que estaban tan de moda. Las chicas, abúlicas, proyectaban su futuro en la imagen que les devolvían sus madres. A eso, sólo a eso podían aspirar y, resignadas, se deleitaban con chocolates espumosos y limonadas.

A Inesita, la fiesta de la Recoleta no le importaba, y más de una vez fingió dolor de cabeza para quedarse en su casona de Belgrano con la niñera, que la seguía cuidando aunque ya había dejado de ser una niña. El único evento social que la entusiasmaba era la fiesta del carnaval. El corso de Palermo se llevaba a cabo sobre la Avenida Sarmiento y era el paseo obligado de la clase alta, el lugar de ostentación ineludible, donde había que lucir los atuendos recién llegados de Francia, «la tendencia del verano», como solía decir doña Lourdes.

El verano de 1952 fue especial para Inés, no sólo porque se trataba del primer carnaval en el que les mostraría a todos que ya era una señorita de quince años, sino porque ese febrero entre disfraces, máscaras y música iba a conocer al amor de su vida. Al único hombre que dejaría una marca indeleble en su alma, una marca que no iba a borrarse y que, como en una especie de maldición gitana, pasaría de generación en generación.

Cuando lo vio, se le cortó la respiración, y se quedó con las manos a medio aplaudir. La familia Quesada estaba sentada en una de las gradas principales del corso, un lugar de privilegio desde el cual el disfrute de ver pasar a las comparsas era absoluto. Sin embargo, todo el brillo del desfile de las comparsas quedó opacado para Inesita cuando descubrió entre la gente a ese muchacho bien alto, con el pelo que le caía desprolijo sobre los ojos. El pantalón oscuro, la camisa blanca con los primeros botones desabrochados y las mangas dobladas hasta los codos, convertían a ese hombre en una criatura fuera de lo común, desfachatado y alejado de cualquier formalidad de la época.

—Mamá, ¿quién es ese joven de camisa blanca que está en la grada de enfrente? —preguntó Inés mientras le sacudía el brazo a su madre, que estaba fascinada con el corso.

—¿Cuál, querida?

—El alto, mamá.

—¿Ese ordinario, despeinado? ¿El de la camisa abierta?

—Sí, pero yo no creo que sea ordinario. ¿Es hijo de alguna familia amiga?

Doña Lourdes largó una sonora carcajada antes de responder.

—¡Dios no te oiga, querida! Ninguna familia amiga tendría como hijo a ese insolente. ¡Habrase visto! Querida, es un palurdo, de los pies a la cabeza.

Con un movimiento de la mano, doña Lourdes dio por finalizada la cuestión. No perdía un segundo de su tiempo hablando de la gente a la que despreciaba. Pero lo que doña Lourdes tenía de frívola, también lo tenía de preceptiva y, mientras con un ojo disfrutaba del desfile carnavalesco, con el otro siguió atenta a su preciosa niña, que desafortunadamente no le sacaba los ojos de encima al muchacho. Se sintió algo aliviada cuando, finalizado el desfile, su marido, don Estanislao, le propuso ir a tomar el té con sus cinco hijas a Las Violetas, la bella confitería del barrio de Almagro.

La confitería estaba más bella que nunca. Las mesas de mármol y los bronces de las sillas brillaban, los vitrales teñían el salón con el reflejo de colores de esos vidrios maravillosos que no conocerían épocas mejores. Cada mesa tenía su propio velador de cristal templado, con caireles, y las servilletas de algodón olían a violetas, en honor al nombre de la confitería. Los Quesada tenían reservada la mejor ubicación, en el centro del salón, desde donde podían ser admirados y envidiados por igual.

—Café vienés y brioches para todos —decidió don Estanislao Quesada, sin consultar con sus mujeres, aunque en rigor de verdad, nadie podía negarse a esa deliciosa receta enigmática que sólo se hacía en la cocina de Las Violetas.

Mientras esperaban el pedido y se reían recordando el desfile que habían disfrutado esa tarde, Inesita y una de sus hermanas, Sara Raquel, se levantaron para ir al baño. Sara Raquel tenía dieciocho años, pero era muy aniñada para su edad. Era gordita y tenía el pelo opaco, sin gracia. Era la única de las hermanas Quesada que no tenía ojos claros. Su falta de belleza había provocado que su madre nunca la tuviera demasiado en cuenta; doña Lourdes tenía otras prioridades: «Primero tengo que casar bien a cuatro de mis hijas. Después ya me ocuparé de Sara Raquel, ésa no va a ser tarea fácil», solía decir a quien quisiera escuchar.

Inesita, la más bella, y Sara Raquel, la menos agraciada, eran inseparables. Estaban juntas en el pasillo de la confitería, a punto de entrar al baño, cuando una voz gruesa, con un tono burlón, las sobresaltó.

—Las hermanitas Quesada, qué honor poder conocerlas en persona.

Las chicas se dieron vuelta. Era él, el insolente de la camisa abierta, que ahora, apoyado contra una pared y con los brazos cruzados sobre su pecho, perecía burlarse de ellas.

—Un gusto, soy Inés María Quesada —se presentó la más hermosa, mientras le entendía la mano, y señalando con la cabeza a su hermana, agregó—: Ella es Sara Raquel. Como usted bien dice, es mi hermana.

El muchacho se incorporó sorprendido, no imaginó que la más bella de la Quesada se plantara con determinación ante lo que claramente había sido una ironía. Se sintió un estúpido e intentó revertir la situación: se corrió el mechón de pelo siempre rebelde que tapaba parte de sus ojos, y haciendo una pequeña reverencia, apoyó apenas sus labios en el dorso de la mano extendida de Inesita.

—Soy el filósofo Hilario Robledo, y permítame regalarle una frase del maestro Friedrich Nietzsche —dijo y enseguida se incorporó, engoló la voz y citó de memoria—: «La mujer perfecta es un tipo humano superior al varón perfecto, pero también es un ejemplar mucho más raro».

Hizo silencio, como para medir el impacto de sus palabras. Sara Raquel lo miraba temerosa; Inés, en cambio, no se amedrentó y largó una sonora carcajada que desconcertó aún más al muchacho.

—Señor Robledo, me siento muy halagada con su cumplido, pero como interesada en la metafísica, me inclino más por el pensamiento hegeliano —lo desafió.

A Hilario le corrió un frío por la espalda. No creía posible que una muñeca de la alta sociedad hablara de Hegel.

—Me rindo a sus pies, señorita Quesada —dijo haciendo una reverencia exagerada ante ella e ignorando, por supuesto, a Sara Raquel.

Ella se rio coqueta y le respondió.

—Llámeme Inés.

—Muy bien, Inés —repitió él, y la miró con una media sonrisa—. Hilario, dígame Hilario.

Sara Raquel, esa hermana poco agraciada pero de enorme corazón, fue testigo del comienzo de una historia que iba a marcar el destino de toda la familia.

16

Habían pasado varias horas desde el hallazgo del cadáver de Gloriana Márquez. Francisco Juánez recibió por mail las transcripciones de las declaraciones que los testigos habían ofrecido en la fiscalía de turno. Muy poco —casi nada— le servía para empezar a tirar del ovillo del crimen. Así veía Juánez, en general, los homicidios, como una gran madeja de lana enredada. Encontrar a qué punta aferrarse era el primer desafío.

Comió poco ese mediodía. Le habían llevado a su oficina unas verduras al vapor, que condimentó con un chorrito de salsa de soja de un frasco que tenía guardado en un cajón de su escritorio. Su militancia vegetariana era objeto de todo tipo de comentarios entre sus compañeros. «Se la pasa viendo y tocando cadáveres y se impresiona con un bife de chorizo», murmuraban cada vez que Juánez les largaba un discurso tedioso sobre los beneficios de no comer carnes rojas. «El comisario verdurita», solían decirle, un poco con afecto, otro poco con sarcasmo.

Se preparó un té verde y empezó a leer con mayor profundidad algunas declaraciones. Rodrigo Liniers, el novio de la chica muerta, había contado con detalles cómo la había encontrado, el momento en el que subió las escaleras del dúplex y la vio tirada boca abajo, toda llena de sangre. También relató la pelea que Gloriana había tenido la noche anterior con la mucama de su casa. La versión del chico coincidía con la de la empleada que unas horas atrás había declarado temblando frente a él. Alcira Quiñones seguía demorada en un calabozo de la comisaría de la mujer, hasta que los peritos determinaran si en alguna de las pertenencias secuestradas en su casa, había algún rastro de sangre. «Ella sobraba», le había dicho la mucama a Juánez con relación a Gloriana, pero ese comentario lleno de resentimiento no era una prueba, ni un motivo suficiente, para imputarla por el crimen.

Los padres de la chica habían aportado datos sobre la vida cotidiana de su hija: sus estudios inconclusos en la carrera de Administración de empresas, sus clases de teatro, y el empleo como vendedora en el local de muebles de su familia. «Ella abría la mueblería a las once de la mañana —había dicho el padre de Gloriana ante el fiscal—, pero ayer no llegó. Fue el encargado del local quien abrió al mediodía. Pensó que Glo tenía ensayo de teatro. No se le ocurrió llamarla.»

Juánez interrumpió la lectura, y se sirvió otra taza de té verde. Mientras lo endulzaba con miel, sonó en su cabeza una pequeña alarma. Dejó el té a medio revolver y buscó en un maletín la libreta negra en la que había anotado los datos de la escena del crimen. Pasó hoja por hoja rápido, casi con desesperación.

—Acá está —dijo en voz muy baja.

Había escrito con un bolígrafo negro el número diez, en un tamaño bastante grande, y lo había resaltado con un doble círculo. A esa hora estaba clavada la aguja roja en el despertador de la mesita de luz de la chica, a esa hora se despertaba. Una hora después —a las once— abría el comercio de su padre. Pero no fue ese recuerdo lo que erizó los sentidos de Juánez, sino un detalle de la escena del crimen, que le vino de repente a la memoria. Un detalle que recién ahora tomaba fuerza. Algo que tenía que ver con el silencio.

Abrió la carpeta amarilla con las copias de las declaraciones de los primeros peritos que habían llegado al lugar. Ninguno dejó sentado que el despertador estuviera sonando. Tampoco lo hizo el encargado de levantar las huellas digitales de los elementos secuestrados en el lugar del crimen, entre los que estaba el despertador. El interruptor estaba metido para adentro. Si Gloriana —como todos los días— lo había apagado, el asesinato tuvo que haber ocurrido después de las diez de la mañana. Si quien lo apagó no fue Gloriana, entonces la cosa cambiaba y mucho.

Casi sin mirar, Juánez marcó en el teléfono un número de interno. Inmediatamente una voz femenina saludó del otro lado de la línea.

—Soy Juánez, necesito saber con urgencia si en alguno de los elementos secuestrados en la casa del homicidio hay huellas digitales…

Clara Minutti no dejó que siguiera hablando. Era una experimentada perito de rastros del Departamento de Criminalística, tan famosa por su talento como por su mal carácter. Le decían «la aguafiestas».

—Juánez, huellas digitales hay por toda la casa. En los picaportes, en los espejos, en los muebles, en la vajilla, por todos lados. Ya las cotejamos con las de todas las personas que asiduamente visitaban la casa. Si hubiera encontrado huellas extrañas, habrías tenido noticias mías —explicó, y con el mismo tono cortante, intentó terminar la comunicación—: Estoy muy ocupada…

—A ver, Clarita, si nos ponemos de acuerdo —dijo Juánez, que tampoco tenía mucha paciencia—. Me importa un carajo el cúmulo de huellas digitales que encontraste y comparaste. Si las únicas huellas que hay en el lugar son las de los habitués de la casa, aunque alguno de ellos sea el asesino, no sirve de nada tu laburo. Con esas huellas no acusás a nadie. El asesino, muy cagado de risa, te puede decir que sus huellas están ahí porque, por ejemplo, fue a tomar el té con la chica.

—Ya lo sé, Juánez, no sé adónde querés llegar —murmuró la perito casi con resignación.

—Quiero llegar a que hay determinados objetos que las visitas de la chica Márquez seguramente no tocaron. Hay elementos que sólo tocan sus dueños, o tal vez, si es tu día de suerte, el asesino. ¿Me seguís, Clarita?

A Clara le empezó a interesar el análisis de Juánez y le dejó pasar que usara su nombre en diminutivo.

—Seguí, Juánez, ¿qué elemento querés?

—El despertador. ¿Qué tenés?

Del otro lado de la línea, Juánez escuchó ruido de papeles. Apostaba a que Clara estaba buscando apresurada una respuesta. Esperó ansioso.

—Acá tengo el acta de secuestro, te leo: Es un despertador cuadrado de color azul, fabricado en China, de esos berretas que se compran por la calle. En la parte de arriba tiene un interruptor en forma de botón de color rojo, hay que apretarlo para que se corte la alarma y no tiene sistema de repetición.

—La aguja roja... ¿está puesta en el número diez?

—Sí, correcto. El botón está apretado —precisó Clara, y empezó a modular más despacio, porque estaba entendiendo el razonamiento de Juánez—: Alguien lo apagó a las diez de la mañana.

—Bien, Clara. Entonces, si las huellas digitales en el botón son de Gloriana Márquez, a las diez de la mañana estaba viva y apagó el despertador como todos los días. Si no son de ella, entonces es el asesino el que lo apagó. No debe ser muy cómodo acuchillar a alguien con el sonido de la alarma del despertador como acompañamiento musical... ¿No te parece, Clarita?

—Te llamo en cinco minutos, Juánez.

La perito cortó la comunicación. Juánez la imaginó yendo apresurada hacia el laboratorio, para buscar los resultados comparativos de las huellas digitales. Mientras esperaba, se recostó en la silla y cruzó las piernas sobre su escritorio. Miró la hora en su reloj de pulsera, calculó que en la morgue estaba comenzando la autopsia de la chica Márquez. Ese gesto —el de mirar su reloj— hizo que sus alarmas internas se encendieran nuevamente. Se incorporó de golpe y se esforzó por convertir en una idea concreta esa fugitiva sensación. No lo logró. La dejó estar, siempre funcionaba así. En su inconsciente, los casos estaban resueltos y de a poco, muy de a poco, pequeñas pistas salían a la superficie. La clave estaba en decodificar esos mensajes que le llegaban desde los lugares más oscuros de su cabeza.

Cuando el teléfono sonó, Juánez atendió de inmediato. Necesitaba saber, y se adelantó, convencido de que la que llamaba era la perito.

—Clara, ¿qué tenés?

—El despertador tiene huellas digitales de dos personas.

El inspector bajó las piernas del escritorio y contuvo la respiración. La perito siguió hablando:

—De la víctima, Gloriana Márquez, y de Minerva del Valle.

Minerva del Valle, ése era el nombre de la chica de la mirada de hielo. Juánez la recordaba muy bien. Se había mostrado desafiante en la puerta de la casa del crimen. Las dos vivían en el dúplex, eran amigas desde la época del colegio secundario; la relación entre ellas era mejor de lo que podía esperarse de dos chicas de clase media alta, muy jóvenes, bellas y bastante malcriadas. Esos pocos datos eran los únicos que Juánez conocía de Minerva.

Volvió a su libreta de notas, y pasó las páginas hasta que encontró las dos palabras que buscaba: «la frágil». Eso había escrito sobre la chica. Ésa fue la conclusión a la que había arribado Juánez después de un breve cruce de palabras, apenas unas horas atrás. Luego buscó en sus mails la copia de la declaración que Minerva había hecho ante el fiscal de la causa. No decía gran cosa. Contó cómo y cuándo había encontrado a su amiga asesinada e hizo una pequeña descripción de sus actividades cotidianas. Cerró sus mails y se quedó pensando en lo que acababa de leer, con la mirada clavada en la pantalla de su computadora. Tenía que hablar con Minerva del Valle. Necesitaba escuchar su tono de voz, ver sus gestos, intuir sus lágrimas. Sin dejar de mirar la pantalla, Juánez marcó un número telefónico.

—Ordóñez, ubicame a la testigo Minerva del Valle. Vos y yo vamos a hacerle una visita.

17

Cuando recibió el llamado del investigador Francisco Juánez, Minerva estaba en la casa de su abuela Cocó. No había podido pegar un ojo en toda la noche, así que no tenía ganas de hablar con nadie. Lo único que quería era estar en silencio, tranquila, a solas con su abuela, que era la única persona en el mundo que podía contener semejante angustia y perturbación. Temprano, se había presentado en la fiscalía para declarar como testigo. Por orden judicial no podía volver a su casa. Mejor, tampoco ella quería hacerlo. La imagen del piso y la cama manchados con sangre no se borraban de su cabeza. Y Gloriana, su amiga, su cómplice de la vida, ya no estaba para abrirle la puerta con su sonrisa de siempre. La casona de su abuela era el refugio ideal, al que llegó, casi automáticamente, cuando la policía les dio la orden de retirarse de la escena del crimen. Habían pasado pocas horas del espanto, pero a Minerva se le hacían siglos. Cocó la recibió con un abrazo cálido, un té y una caja con bombones de fruta.

—Comé, mi chiquita. Comelos todos —le dijo, esperando, tal vez, que la alegría que le provocaba esa caja de dulces cuando era una nena se repitiera esa noche.

Apenas si pudo probar medio bombón. Un nudo en el estómago hizo que hasta el té le cayera pesado. Se recostó en un sillón y, con la cabeza sobre las piernas de su abuela, intentó dormir. No lo consiguió. La angustia era enorme y volvía a través de imágenes que prefería olvidar.

El fiscal la había tratado bien: le hizo sólo un par preguntas. Mariela, su madre, la acompañó y la esperó en la puerta de la fiscalía. Pero estaba más asustada que ella, no paraba de llorar y de hacer comentarios. Sólo con su abuela Cocó se sentía contenida. Por eso decidió volver a la casona de Belgrano. La sopa de verduras de su abuela fue lo único que logró deshacer esa angustia que anidaba en su estómago.

—Gracias, abuela. Me siento mucho mejor.

—A veces, sentirse mejor no es suficiente, querida.

Cocó se levantó de la mesa. Cruzó el living y se quedó parada en silencio, frente a un pequeño altar armado sobre una tarima de mármol blanco. Un jarroncito de plata con flores frescas, varias velitas de colores, un rosario de cristal de roca y, en el medio, un marco de plata con una foto color sepia, desde la que una chica joven sonreía. Un sombrerito con un moño en el costado le daba un toque sofisticado al retrato. No era bella, pero la mirada pícara y los hoyitos en las mejillas iluminaban esa imagen estática y añeja. Cocó usó una cajita de fósforos para prender las velas del altar. El movimiento sutil de las llamas le daba, por momentos, vida a esa foto. Sin dejar de mirar el retrato, la abuela, llamó a su nieta.

—Vení, querida.

Minerva se levantó y se acercó lentamente. Sabía que, cuando su abuela se paraba frente al altar, necesitaba compañía. No podía hacerlo sola. A pesar de los años, la escena solía repetirse: Minerva acompañaba, Cocó hablaba.

—Querida, yo sé que es un momento muy difícil para vos —dijo la abuela con los ojos clavados en la foto—, pero las mujeres de nuestra familia tenemos el gen del coraje necesario para sobreponernos a todo.

—No sé si realmente es así, abuela. Vos todavía no pudiste superar la muerte de tu hermana.

Cocó se puso tensa. No estaba acostumbrada a que la contradijeran. Sólo a Minerva le permitía semejantes atrevimientos.

—Sara Raquel era un ser especial. Nadie supera el vacío que dejan los seres de esa naturaleza —dijo convencida, tomó de la mano a su nieta y le ordenó con una mezcla de firmeza y ternura—: Hacé silencio, querida. Pedile a Sarita Raquel que te dé la fuerza para superar la pérdida de esta chica Gloriana.

Para Cocó, la muerte de Sara Raquel había sido arrasadora. Una leucemia mal diagnosticada la había consumido en pocos meses. No llegó a cumplir los veinte años. Sarita Raquel —como le decían quienes la amaban— se había llevado a la tumba varios secretos familiares. Ella había sido la depositaria de la felicidad y la tristeza de los otros. Tal vez fue por tanto escuchar las cuestiones de los demás que no había podido generar sus propias alegrías, sus propias angustias, su propia vida.

Sara Raquel fue la testigo privilegiada del momento en el que su adorada hermanita Inés vio por segunda vez al hombre de su vida en la confitería Las Violetas. Fue también la que ayudó a que el filósofo irreverente y su hermana pudieran encontrarse a escondidas, para dar rienda suelta a una pasión que les estaba prohibida. Incluso se había animado a enfrentar a su madre, la espléndida Lourdes María Lainez de Quesada, con el propósito de defender el derecho de Inés a casarse con el hombre que amaba.

«Olvidate, nena. No voy a permitir que ese pobretón sea parte de nuestra familia. Y vos, dejá de vivir la vida de tu hermana y dedicate a tener una propia. Inesita es bella y ya va conseguir un candidato que la merezca. A vos, no te va a ser tan fácil. No pierdas tiempo», fue la respuesta que le dio su madre. Lourdes podía ser hiriente y pérfida, y no le importaba que fueran sus hijas las destinatarias de sus palabras de acero. Sara Raquel bajaba la cabeza y se iba a llorar a su cuarto. Después de horas de lágrimas, siempre estaba dispuesta a poner la otra mejilla, si eso podía facilitar la felicidad de los demás. Así había sido ella, un ser especial, de otra naturaleza. Tal cual la definía Inés.

Minerva notó que la mano de su abuela se estaba poniendo fría.

—¿Estás bien? ¿Tenés frío? —le preguntó.

—Estoy bien, querida. Pensaba en Sarita Raquel, hay días en los que el alma se me va con ella. Extrañar es un poco eso.

—Pasaron muchos años, abuela. Ya deberías estar mejor.

Cocó soltó la mano de su nieta. No dejaba de sorprenderla la frialdad de la chica, se parecía un poco a su bisabuela Lourdes. La misma mirada, la misma actitud cortante. A veces pensaba que le tomaba prestado el cuerpo a Minerva.

—Querida, en esta tierra sólo una persona es capaz de dar la vida por nosotros. Algunos nunca se encuentran con su ángel guardián. Otros tenemos suerte. Sara Raquel fue la guardiana que Dios puso en mi camino.

Minerva giró hasta quedar frente a frente con su abuela. Le tomó con fuerza, casi con desesperación, ambas manos.

—Cocó —dijo con un tono de voz casi inaudible, y preguntó al borde de las lágrimas—: ¿Y si Gloriana era mi ángel guardián y ahora está muerta?

—No, querida, no te confundas —respondió la abuela, ofuscada—. Esa chica no estaba a tu altura. ¿O ya te olvidaste de quién era la Márquez?

Minerva negó con la cabeza, en silencio. No se había olvidado. Imposible olvidarse. Gloriana Márquez había sido espléndida. Un cuerpo escultural, una cara con rasgos voluptuosos, un pelo rubio que caía como una catarata brillante sobre sus hombros perfectos, y una sonrisa que usaba con inteligencia para derretir y convencer con el mismo grado de efectividad. La belleza había sido su arma más letal. Los hombres de todas las edades morían por ella y Gloriana, tan seductora como sádica, los atraía y desechaba sólo por diversión. Las mujeres también querían tenerla cerca, de esa manera tal vez podían absorber un poco de esa magia negra que la Márquez, como le decían a sus espaldas, irradiaba. Pero detrás de las puestas en escena de Gloriana Márquez, en realidad, se escondía una chica insegura, cuya fuente de placer no estaba ni en los logros profesionales, ni en el estudio, ni siquiera en el sexo. La Márquez gozaba humillando al resto. A los propios y a los ajenos. Minerva, su amiga, era tan propia como ajena. Era la única persona en el mundo que se dejaba humillar humillando. Todo un desafío.

—Glo, estoy mal de guita. Tenemos que hablar —le dijo una tarde de lluvia mientras preparaba un budín de limón en el dúplex que compartían.

—No le pongas tanta ralladura, que esos limones están verdes y nos va a quedar muy amargo —dijo la Márquez mientras intentaba secarse el pelo recién lavado, aprovechando el calor que salía del horno recién prendido. El olor a lavanda del champú que solía usar era intenso.

Minerva dejó de rallar la cáscara de limón, se secó las manos con un repasador cuadriculado y sin mirarla insistió.

—Gloriana, ¿me escuchaste? —Dio media vuelta y le clavó los ojos. —No puedo seguir poniendo mi parte de los gastos de esta casa.

La carcajada de Gloriana la sorprendió, no menos que su respuesta.

—Ya lo sé, de entrada siempre supe que eras una niña rica sin plata. Mucha alcurnia y pocos pesos —dijo burlona, mientras seguía sacudiendo su melena frente al horno. El olor a lavanda se mezclaba con el del limón. Era agradable.

—¿Cómo vamos a hacer, Gloriana? No llego a fin de mes y todavía no puse mi parte. Esta vez no quiero pedirle guita ni a mi vieja ni a mi abuela.

—¿Y si probás con trabajar? —La respuesta fue artera. Gloriana sabía que su amiga pasaba nueve horas por día a cambio de un salario miserable en una agencia de publicidad, era el primer paso en el camino para ser creativa publicitaria.

Minerva revoleó el repasador contra la pared, puso sus manos en jarra en la cintura y disparó.

—Trabajo, pelotuda. Yo no tengo un papito como el tuyo que te paga una fortuna para que seas una cuida mediocre en su local pedorro. —Vio con satisfacción cómo a Gloriana se le ponían rojas las mejillas. Siempre que se enfurecía sus mejillas la delataban.

—Te propongo un trato —dijo con rapidez Gloriana, sin pensarlo demasiado e intentando que su voz no dejara traslucir la furia atroz que sentía hacia su amiga—. Yo pongo el ochenta por ciento de los gastos de la casa, y a cambio me quedo con tu cama, que es más cómoda que la mía —le propuso triunfante, y agregó, provocativa—: Decime gracias, Lunguita.

Gloriana siempre ganaba aunque perdiera. Sacaba provecho de todas las situaciones.

—No me digas *Lunguita*, idiota. Sabés que no me gusta. —Se dio vuelta y empezó a cortar con furia el limón en rodajas finitas. —No pienso agradecerte nada.

—Bueno, es eso o la calle, Lunguita. Pensalo.

Gloriana salió de la cocina sonriendo satisfecha. No pudo ver el brillo que inundaba los ojos verdes de Minerva, tampoco la ira de la mano de su amiga, desgarrando con el cuchillo todas las rodajas del limón, ni cómo el jugo ácido de la fruta chorreó por la mesada hasta caer en el piso.

«Al final, Gloriana terminó muriendo desangrada en la cama que me cambió por plata», pensó Minerva casi un año después, mientras se aferraba con fuerza a las manos de su abuela. «Es verdad, ella no fue jamás mi ángel guardián, no fue nada.» Sus pensamientos fueron interrumpidos por la voz potente de Cocó.

—Yo soy tu guardiana. La única. Yo doy la vida por vos. Soy capaz de cualquier cosa por tu felicidad. Gloriana Márquez sobraba.

Ambas mujeres siguieron frente a frente, sosteniéndose la mirada, tomadas de las manos. Ninguna de las dos se animó a decir nada más. Todo había sido dicho.

18

El cabo Ordóñez estacionó el patrullero en la puerta de la casona de Belgrano. Durante el viaje, en el asiento del acompañante, Francisco Juánez repasó las notas de su libreta. Estaba de mal humor. En su cabeza seguía sonando, lejana, una alarma que no podía descifrar. ¿Qué era lo que lo había puesto en alerta? ¿Qué detalle estaba pasando por alto?

—Jefe, llegamos —susurró Ordóñez, mientras se sacudía pelusas imaginarias de su uniforme. El lujo de la fachada de la casona lo ponía nervioso.

Antes de que pudieran tocar el timbre, una mujer abrió el portón de la casa.

—Adelante, señores. Bienvenidos.

La mujer era espléndida. Un vestido negro de mangas tres cuartos y largo a la rodilla, destacaba la melena corta, blanca y de peinado impecable. Pero lo que a Juánez le llamó la atención fue el collar de perlas que caía perfecto, apenas un poco más abajo de las clavículas. Esas perlas no eran blancas. Todas las perlas que había visto en su vida eran falsas y blancas. Notó que las verdaderas, la auténticas, las del cuello de la mujer, eran de color marfil semiopaco. «Ojalá la verdad pudiera distinguirse de la mentira con la facilidad que se distinguen las perlas falsas de la auténticas», pensó Juánez mientras recorría los pocos metros que separaban la vereda de la puerta principal.

—Soy Francisco Juánez, de Homicidios. Como le anticipé por teléfono, vengo a hablar con su nieta.

—Soy Inés María Quesada. Lo estábamos esperando.

El hall de la casona tenía el tamaño del departamento de Juánez. Techos altos, piso de mármol negro y paredes de un rosa muy pálido. El cabo Ordóñez prefirió esperar en el auto. La sola presencia de esa mujer lo había amedrentado. El mundo de los ricos lo incomodaba. Ordóñez prefería los bajos fondos, allí se sentía como pez en el agua.

Juánez siguió a Inés por un pasillo largo que desembocaba en una sala tan enorme como bella. Tres sillones Luis XV, con tallas de flores en la madera de las patas y de los respaldos, destacaban de manera armoniosa el tapizado color durazno. En el medio había una gran mesa ratona laqueada con estilo oriental, pero la estrella, sin dudas, era la araña de caireles de cristal y el efecto que lograba con el sol que entraba por los ventanales enormes de vidrio biselado.

—Señor policía, tome asiento. Voy a buscar a mi nieta —dijo Inés María Quesada con su habitual solemnidad.

Mientras se hundía en uno de esos maravillosos sillones, Juánez sonrió. Nunca le habían dicho «señor policía». Le causó gracia. Apoyó la cabeza en el respaldo y cerró los ojos, estaba agotado. Fueron sólo unos minutos de descanso. Un ruido de pasos sobre el mármol de Carrara lo sobresaltó.

Las dos mujeres entraron en la sala. Juánez se levantó y le extendió la mano a la más joven, Minerva del Valle.

—Minerva, necesito que hablemos sobre el crimen de tu amiga.

—Ya estuve con el fiscal y...

Juánez la interrumpió.

—Ya sé. Pero la investigación está empezando y hay cuestiones que no están claras.

Minerva se sentó en el sillón sin dejar de mirarlo, fue su manera de resignarse al interrogatorio. Bastó con que Juánez se volteara a observar con cierta insistencia a la abuela Inés, para que ella se retirara en silencio. Juánez no quería perder el tiempo y fue al grano.

—¿Cuándo fue la última vez que viste con vida a Gloriana?

—Antes de anoche. Llegó alterada. Se había peleado con la mucama de su novio, ella decía que Alcira le quería robar al novio. Se habían insultado. Quise tranquilizarla, pero no pude. Nos fuimos a dormir cerca de la medianoche. Me desperté a las siete y me fui a trabajar. Glo se quedó durmiendo.

—¿Hablaste durante el día con ella?

—No. La llamé a casa y no me atendió nadie. En el celular tampoco obtuve respuesta. Pensé que se lo había olvidado, no creí que estuviera en problemas.

En ese momento, Minerva hablaba tranquila. Sin enojos, sin angustias. Y sostenía la mirada.

—¿En qué momento te llamó la atención el silencio de Gloriana?

La chica cerró los ojos por unos segundos, respiró hondo y respondió:

—Esa noche fui a una reunión en la casa de unos amigos. Gloriana no llegaba. La volví a llamar. Como seguía sin atender, decidimos ir a casa a buscarla.

—¿Decidimos? ¿Quiénes?

—Su novio Rodrigo y yo.

Juánez la miró fijamente. Minerva siguió hablando, sosteniéndole la mirada.

—Abrí la puerta con mis llaves. Apenas entré me di cuenta de que la lucecita del contestador automático no titilaba. Alguien había arrancado el cable del teléfono. Rodrigo subió las escaleras y desde arriba me gritó que Gloriana estaba en el piso y que había sangre.

No bien terminó la última frase, la voz de la chica se quebró. Juánez supo que ése era el momento de atacar y de llevarse de la casona el único dato que le interesaba.

—¿El despertador estaba sonando?

Minerva se puso tensa por primera vez. Empezó a morderse la uña del dedo meñique.

—No me acuerdo. Creo que no.

—¿No te acordás o creés que no sonaba?

—No veo la diferencia.

La chica se puso a la defensiva. La pregunta la había descolocado. Juánez sacó su libreta negra y empezó a pasar las hojas. Sin mirar a Minerva, siguió:

—Me dijiste que te despertaste a las siete de la mañana. ¿Usaste ese despertador?

—No entiendo por qué me pregunta estas pavadas.

—A ver, querida, no tenés que entender, tenés que contestar. ¿Usás ese despertador sí o no?

Antes de que Minerva pudiera abrir la boca, la abuela Inés entró en la sala, con una bandeja, dos tazas y una tetera.

—Les traje un té —dijo mientras apoyaba la bandeja en la mesa ratona.

Juánez no le prestó atención. Tenía todos los sentidos puestos en la chica. Creyó percibir un leve alivio cuando su abuela interrumpió la conversación. Inés se sentó, le clavó los ojos y contestó por su nieta, como si se tratara de una charla y Juánez la hubiera invitado a sentarse.

—El despertador fue un regalo que yo le hice a mi nieta. No me extrañaría que lo usara habitualmente.

Juánez miró automáticamente a Minerva, que se vio obligada a continuar hablando.

—Es así como dice mi abuela, inspector. Yo usé el despertador esa mañana y antes de irme lo puse en el horario en el que Gloriana se tenía que despertar. A las diez.

Las alarmas de Juánez se activaron otra vez. Había algo que no encajaba. Trató de despejar su cabeza mirando cómo la abuela servía cuidadosamente el té en las dos tazas de porcelana azul con flores blancas, le llamó la atención la delicadeza con la que puso los terrones de azúcar que sobresalían del borde de una azucarera de plata labrada. Un terrón en cada taza. Dos tazas. Le alcanzó una taza a su nieta y otra a Juánez.

—Le agradezco mucho, Inés. Estoy un poco apurado —dijo, y miró a Minerva, que ya había empezado a tomar su té—. Te voy a volver a llamar.

—Cuando quiera, inspector, voy a estar esperándolo.

Juánez se levantó del sillón. Por el momento no tenía nada más que hacer en la casona. La abuela Inés se le adelantó para acompañarlo hasta la puerta. El ruido de los pasos en el piso era tan intenso que la mujer comentó:

—Qué ruidoso que es este piso, ¿no? —comentó, y sin esperar respuesta, respondió su propia pregunta—: Es mármol de Carrara original, fue traído hace años desde Italia en barco. Lo bueno, a veces, trae estos secretos escondidos.

Llegaron a la puerta y se despidieron.

—Hasta pronto, señora.

—Hasta pronto, señor policía.

Inés María Quesada cerró la puerta. El ruido de las llaves girando en la cerradura despabiló a Juánez. Las ideas se le aclararon de golpe. Una mujer que pisa todos los días suelos de mármol de Carrara, toma su té en tazas de porcelana original y guarda terrones de azúcar en un tazón de plata nunca le regalaría a su nieta un despertador de plástico berreta. Mientras caminaba hacia el auto en el que lo esperaba el cabo Ordóñez, recreó en su cabeza el momento en el que la abuela entró con la bandeja, justo cuando Minerva empezó a titubear. Sólo traía dos tazas de té. Una para él y otra para la chica. La mujer no tenía pensado quedarse y, sin embargo, se quedó. ¿Estaba escuchando detrás de la puerta o fue todo una casualidad?

19

—No le sale sangre, doctor. ¿Por qué no le sale sangre?

—Tranquilo, basta. Dejá esa almohada en paz.

—No le sale sangre, no le sale, no le sale...

El médico se acercó y con firmeza lo tomó de las muñecas.

—Mirame a los ojos —le susurró mientras intentaba un contacto visual—. Mírame. Así, muy bien. Respirá hondo y no dejes de mirarme.

Lo había conseguido. El paciente tenía los ojos vidriosos, pero podía enfocarlos. El médico sabía que esa conexión podía durar muy poco tiempo, era ahora o vaya a saber cuándo.

—Contame, ¿qué pasó anoche? ¿Por qué te tuvieron que traer acá otra vez? —le preguntó mientras le apretaba cada vez más fuerte las muñecas. El chico había empezado a temblar.

—Me enojé mucho, pero le salía sangre... Ahora no le sale.

—¿Con quién te enojaste? Mirame, por favor, acá, acá, mirame.

Lo estaba perdiendo como tantas otras veces: ya no temblaba, ya no lo miraba. Resignado, el médico, le soltó las manos. Inmediatamente el paciente abrazó la almohada que tenía apoyada en las rodillas y se empezó a balancear.

La habitación era chica, apenas entraba la cama de una plaza y una mesita de luz amurada al piso. El olor a desinfectante era intenso, una mezcla de lavandina con algún producto floral, que no lograba disimular del todo el olor a pis y a medicamentos. El hedor de la locura.

El medicó se levantó de la cama y pasó su mano por la cabeza del paciente. Se sentía frustrado, cada vez podía ayudar menos a ese chico de veinticinco años que, a medida que pasaban los años, estaba más tiempo internado en la clínica. A veces llegaba solo, llorando, diciendo que lo perseguían y que lo querían matar; otras veces lo acercaba su madre, aterrada porque el hijo se reía sin parar, decía palabras incoherentes y se desnudaba en público y, muy de vez en cuando, como esa madrugada, lo traía su padre. El chico había tenido un brote violento: destrozó la vajilla de su casa y con una tijera cortó toda la ropa que estaba guardada en su placard. Tres enfermeros tuvieron que ayudar a bajarlo del auto. Estaba enojado, furioso. Sólo con medicación pudieron controlar tanta ira. Había dormido. Reaccionaba bien a los neurolépticos, aunque las alucinaciones que sufría cada vez tardaban más tiempo en desaparecer.

El médico recorrió con los ojos el cuarto. Todo estaba en orden. No había nada que el chico pudiera usar para autolesionarse. A pesar de que una camarita de seguridad lo controlaba todo el tiempo, en segundos podía ocurrir una desgracia. Caminó hacia la puerta sin dejar de mirarlo. El chico estaba en calzoncillos, con el torso desnudo, algunos rasguños con sangre seca sobresalían sobre su piel tan blanca. Lo intentó por última vez.

—Amigo, voy a visitar a los otros pacientes y en un rato te traigo algo para comer.

Sabía que no iba a obtener respuesta, sabía incluso que el chico ya no lo escuchaba, pero necesitaba saludarlo como forma de no hacerle perder la condición humana.

Salió del cuarto. En el momento en el que cerró la puerta, empezó a escuchar unos golpes secos y ahogados que venían desde adentro. Espió automáticamente por la mirilla y lo que vio le puso la piel de gallina. De manera instintiva apoyó la oreja en la madera.

—¿Qué carajo dice? —se preguntó en voz baja.

A medida que levantaba la voz, la dicción del chico era clara, a pesar de la medicación que le habían inyectado. El corazón del médico empezó a latir con fuerza. Por primera vez en años de tratar con locos, como solía decir, tuvo miedo.

20

Un día como hoy, hace veinte años murió Gloriana, mi mejor amiga. No la extraño. Sin embargo, en cada nuevo aniversario de su muerte siento que le debo un homenaje. Me levanto temprano, a las siete, como el día del asesinato. Salgo de mi cabaña, camino unos metros hacia el mar, respiro hondo y hago un esfuerzo por recordar su cara, sus ojos, su sonrisa. A veces lo logro, a veces no.

Gloriana no era buena, no era esa chica carismática que construyeron los medios de comunicación. Era soberbia, egocéntrica y maltratadora. Pero a pesar de todo, yo la quería. Muchas veces me pregunté qué sería de su vida si ese objeto no hubiera desgarrado la carne de su cuello. No encuentro respuestas. No me imagino a Gloriana viva. La prefiero muerta, aunque muchas noches su fantasma me persiga hasta este lugar lejano en el que decidí refugiarme.

Tiro unas flores al mar murmurando su nombre. Camino por la playa hasta Olón, un pueblito pequeño, a tan sólo dos kilómetros de mi casa en Montañita. Allí el santuario de la Virgen se muestra magnífico como lo que es, un orgullo ecuatoriano.

El lugar está fresco. El contraste con la temperatura abrasadora es notorio. El silencio es inmenso. Es temprano, los turistas todavía no llegaron. Bajo las escaleras sosteniéndome de las paredes descascaradas. Ella, la Virgen que hace años lloró sangre, está en el subsuelo. La salita que la cobija es chica. Una silla, una mesita de madera llena de velas apagadas y chorreadas de cera, es lo único que tiene por declaración. Sobre un estante de mármol de mala calidad, una caja de vidrio de un metro de altura y medio metro de ancho contiene a la Virgen.

Esta vez decido no arrodillarme. Me siento en el piso con las piernas cruzadas. Le agradezco por no haber muerto ahogada en el mar de Montañita y, sobre todo, le agradezco por no haber sido yo la asesinada hace veinte años atrás en la casa que compartía con mi amiga Gloriana. Como siempre, como todos los años, el homenaje que empieza siendo para Gloriana termina siendo para mí. En definitiva, soy una sobreviviente y doy gracias por eso. Me lo merezco.

Un ruido me sobresalta. No llego a distinguir si fue un portazo o el sonido de algún elemento impactando contra el piso. Fue arriba, de eso no tengo dudas.

Me levanto despacio y me acerco a la puerta de la salita que había quedado entornada. Agudizo el oído. Nada. Debe ser algún turista madrugador, o tal vez alguna de las mujeres de Olón que suelen lavar sus pecados trapeando los pisos del santuario, como si con eso fuera suficiente. Cuando empiezo a relajarme, otro sonido me eriza la piel. Alguien está bajando por las mismas escaleras por las que yo bajé un rato antes. El roce contra las paredes es nítido. Cierro la puerta y apoyo la espalda contra la madera. No quiero que me molesten. La cerradura no tiene llave. La busco con la mirada, pero no está en ningún lado. Me resigno a que sólo el peso de mi cuerpo sea lo que trabe la puerta, como trababa la cama de Gloriana la ventana balcón de nuestro PH. Lentamente giro y apoyo la oreja sobre la madera. Alguien respira del otro lado. Una respiración agitada. Por un segundo pienso en abrir la puerta y enfrentar a quien sea, pero algo dentro de mí me indica que no lo haga. Me empieza a faltar el aire, siento cómo se me arrebatan las mejillas, se me cierra la garganta, la vista se me empieza a nublar. Un silbido retumba en mis oídos y me aturde. Otra vez, no tengo dudas, es ella.

«Lunguita, ¿acaso rezabas por mí? ¿Por mi alma? ¿O rezabas por tu paz?»

Sé que su voz está dentro de mi cabeza, no detrás de la puerta de la salita de la Virgen. Pero esta vez la sensación es distinta, la siento cerca, tan cerca como hace veinte años. Se me aflojan las rodillas, el corazón estalla en mi pecho.

«Hija de puta, cínica, parate, abrí la puerta si tenés huevos. A ver, dale. Abrí la puerta.»

Me tapo los oídos con las manos, cierro los ojos. No la quiero ver, no la quiero escuchar. Esa voz metálica me aterra.

—Basta, andate, dejame en paz —logro balbucear.

«Abrí la puerta, Lunga de mierda. ¿O seguís siendo la misma cobarde de siempre? Animate una vez en tu puta vida a enfrentarme mientras estoy despierta.»

Me grita como lo hacía siempre, me humilla igual que hace veinte años. Me sigue diciendo «Lunga». Me paro y grito, yo también puedo hacerlo.

—¡Estás muerta, Gloriana! ¿Me escuchás? ¡Muerta, bien muerta! ¡Y yo vivo para recordarte que sos sólo una bolsa de huesos, Gloriana Márquez!

Me hace bien gritarle. La mecánica se repite. Antes con Gloriana viva, ahora con su fantasma. Me alivia el silencio. Ella se fue. Abro la puerta despacio, pero confiada. Lo que veo me para-

liza. Quiero gritar y la voz no me sale. Quiero correr y las piernas no me responden. Lo último que veo es una túnica blanca, unos ojos furiosos y el brillo del acero de un cuchillo. Después, negrura absoluta.

21

Cuando abrí los ojos, él estaba ahí agachado, a mi lado.

—Minerva, hábleme, ¿está bien? —me pregunta mientras me corre el pelo de la cara.

—Sí, Tapuy, estoy mejor —le contesto mientras intento sentarme.

El chico que me salvó de morir ahogada en el mar de Montañita me mira con una mezcla de susto y preocupación. Está vestido con una túnica blanca, de cuello redondo, sin botones. Consigo sentarme y clavo los ojos en un cuchillo de cocina enorme que está tirado en el piso, a centímetros de mi mano. La hoja plateada está manchada con sangre.

—No tenga miedo, Minerva, no le voy a hacer daño.

No le creo. Tapuy también mira el cuchillo, parece entender que la situación lo complica bastante. Prefiero disimular, hacer que no vi nada. Tengo que salir del santuario, lo antes posible.

—Tranquilo, Tapuy, me tengo que ir. Me debe haber bajado la presión, necesito tomar aire. Afuera voy a estar mejor —le explico, y hago un esfuerzo enorme para no mirar el cuchillo ensangrentado—. Gracias por ayudarme de nuevo.

—No, Minerva, no vas a ningún lado. Tenemos que hablar —me dice decidido—. Acompáñame arriba.

Me paro de golpe e intento levantar del piso el cuchillo, pero el chico es más rápido y me lo muestra, victorioso. Sonríe ostentando el arma filosa. Por un segundo, deja de ser un chico campechano para convertirse en un ser perverso. Me desafía. Parece darse cuenta de que conmigo no tiene que disimular ser quien no es.

—Tapuy, no entiendo qué pasa. Bajá el cuchillo, por favor.

El chico lo baja, pero no claudica: me toma del brazo con firmeza y me hace subir las escaleras.

La bóveda del santuario de Olón es hermosa. Está construida sobre un peñasco de treinta metros de altura. Tiene un techo de paja sostenido por columnas talladas de madera rojiza. No tiene paredes. Es casi al aire libre. Desde allí se ve la playa y el mar. El altar es muy rudimentario: una cruz de yeso como única deidad. Pero no le presto atención a nada de eso. Lo que veo me asquea.

—¿Qué hiciste? —pregunto casi en un susurro—. Estás loco... no...

No puedo seguir hablando. En el piso hay gotones de sangre que forman una especie de camino macabro que termina en el altar.

—Es una ofrenda, Minerva —dice Tapuy. Me toma de la mano y me obliga a caminar junto a él.

En la mesa de piedra que sirve de púlpito para los sermones dominicales, hay un chancho muerto, destripado. La sangre del animal cae formando un charco espeso a mis pies. Así de cerca estoy de la barbarie. Nos quedamos en silencio unos minutos, es el chico quien lo rompe.

—He matado a un puerquito, chica. Es un regalo para la Virgen de Olón. Soy el elegido y debo dar gracias. En estas tierras salvajes siempre se agradece con sangre.

Su voz suena extraña, poseída. Me quiero ir y dejar a este chico delirante con sus ofrendas, pero no puedo. Las dos últimas veces en las que el fantasma de Gloriana apareció en mi cabeza, Tapuy estaba cerca: el día en el que me salvó del mar de Montañita y hoy.

—¿Quién sos, Tapuy? —le pregunto con firmeza, como si en vez de ser yo fuera mi abuela la que pregunta.

Se sorprende, no esperaba que lo interrogara. Me mira con esos ojos verdes inmensos y la mancha oscura que tiene en el derecho se vuelve más notoria. Sigo sin ver a la Virgen en sus ojos.

—Un enviado, Minerva. Soy un enviado —dice, y las pupilas se le agrandan como si hubiera tomado algo—. Ya te lo conté cuando guardé tu vida.

No se me escapa que dijo «guardé tu vida» y no «salvé tu vida». Pero ahondar en ese detalle dialéctico me aburre. El olor a la sangre fresca del chancho por momentos me provoca arcadas. Cuando estoy a punto de sugerirle irnos de este lugar, el chico empieza a hablar.

—Nací en Baños, en la selva ecuatoriana. Hasta los tres años sólo me alimenté con la leche de mi madre y con verdes, esos plátanos salados que en estas tierras son plaga. El alimento de los pobres. Un día vino una vecina a traer unas guanábanas que nacían de un árbol de su rancho. Doña Paila estaba enferma, tenía la pierna hinchada y de color morado —cuenta Tapuy; luego hace silencio, busca entre sus recuerdos y sigue hablando, reforzando con sus gestos lo que dicen sus palabras—: Toqué la herida negra de su pantorrilla y cerré los ojos, y sentí que la mano me quemaba, pero no la saqué, la dejé ahí, en el centro del dolor de doña Paila. No recuerdo durante cuánto tiempo estuvimos así, en silencio. Sólo recuerdo que la mujer, que llegó renga, se fue caminando como si nada tuviera. —El chico abre los ojos, los tiene húmedos. Me mira y agrega: —La Paila le dijo a mis padres que yo era milagroso, que la había curado. Desde ese día y durante horas me dediqué a *sanar a la gente que vivía, como nosotros, a los pies del volcán Tungurahua. A cambio, nos daban alimentos, animales y hasta rocas mágicas de lava.*

Ni siquiera intento creerle y lo interrumpo.

—Tapuy, tus padres hicieron con vos un negocio.

No le gusta mi comentario, me da la espalda. Sus hombros tiemblan. Por suerte el cuchillo sigue en el piso, lejos de su alcance. Se da vuelta. Los ojos verdes, ahora, se ven tan furiosos, como hace un rato, cuando lo encontré del otro lado de la puerta de la salita. Por un segundo me reconozco en esa mirada, en ese gesto desorbitado. Ese detalle me desconcierta. La mirada de Tapuy me hiela la sangre. Sé cuando callar, y callo. Es él el que tiene el cuchillo.

—No hay negocio, no hubo negocio. Ésa es cosa de ricos —dice, y mira al piso y vuelve a ser el adolescente descarnado que conocí—. Sólo fallé una vez. La única en la que no tenía que fallar.

No pienso preguntarle. No me interesa la respuesta. Me quiero ir del santuario. La mirada de Tapuy es demasiado parecida a la mía y no quiero ahondar en esa cuestión. Pero a él —como a mí— no le interesa la voluntad del otro y sigue hablando:

—No pude salvar a mi padre. Se enfermó cuando yo tenía siete años y cientos de curaciones hechas. Tosía, escupía sangre y se le podían ver hasta los huesos de lo flaco que estaba. Una noche le puse mi mano sobre el pecho y allí la dejé durante horas, hasta el amanecer. No sirvió. Mi madre dijo que yo había matado a mi padre, que no había hecho lo suficiente. Empacó en cestos lo poco que teníamos y abandonamos nuestro rancho de Baños. Allí quedaron sólo las paredes y, en un catre, el cuerpo de mi padre muerto.

Intento cambiar de tema.

—Tapuy, ¿qué tiene que ver el chancho muerto con esta historia?

El chico sonríe y mira el despojo sangrante que dejó a los pies del altar.

—Por cada vida que salvaba con mis manos, mi madre sacrificaba a un animal para agradecerle a la Virgen el don que me había dado. Ahora soy yo quien hace la tarea.

—¿A quién salvaste esta vez? —pregunto con un tono burlón.

—A ti, Minerva. Este chancho es lo que ofrendo por tu vida.

Me clava la mirada. Me detengo en la mancha que tiene en su ojo derecho. Por un segundo, creo distinguir a la Virgen.

22

Hacía años que el doctor en psiquiatría Matías Aguirre lidiaba con las palabras que sólo sus pacientes decían escuchar. Sabía que el psicótico está excedido de miradas y de voces. Pero también tenía claro que no podía hacer demasiado para que esas voces desaparecieran para siempre, aunque lo alivia poder convertirlas, muchas veces, en susurros apenas audibles.

El paciente que más le preocupaba era Mauro. Ni el dinero que sus padres invirtieron en tratamientos en distintos lugares del mundo, ni la medicación más avanzada pudieron rescatar al chico de las garras de sus demonios internos. Las épocas en las que Mauro parecía estar ubicado en tiempo y espacio se habían acortado, y el doctor Aguirre sabía que en algún momento iban a desaparecer. El destino del muchacho ya estaba escrito, no había vuelta atrás. La clínica psiquiátrica Los Tilos terminaría siendo su hogar.

El médico se encerró en su consultorio. Buscó, casi con desesperación, un suéter de lana color gris, y se lo puso encima de su ambo blanco. En la calle la temperatura estaba llegando a los 35 grados, un enero agobiante. Pero él tenía frío. Lo que acababa de ver por la mirilla de la puerta de la habitación de Mauro le había helado la sangre, y el frío no se iba. Se sentó en su escritorio y prendió la computadora. Mientras esperaba que se conectara a Internet, intentó tranquilizarse. Respiró hondo y, de a poco, empezó a largar el aire. ¿Qué había pasado con Mauro? ¿Por qué su padre lo había internado en plena madrugada? Nunca en los diez años que llevaba siendo su médico lo había visto tan mal.

Aguirre abrió su casilla de mails, copió una dirección y escribió: «Mauro está peor. Esta vez es distinto. Llamame en cuanto leas este mensaje». El dueño de la clínica tenía que saber lo que estaba pasando. Mauro no sólo era el hijo de su mejor amigo, sino que, además, era su ahijado. Aguirre había sido nombrado como el médico personal del chico y contaba con la confianza suficiente para tomar decisiones en relación con su salud mental. Pero, como había escrito en el mail, esa vez era distinto.

Prendió la televisión con el control remoto. Necesitaba escuchar voces reales, aunque fueran las del televisor, para poder pensar. Sonrió ante la ironía. Su trabajo era acallar las voces internas de sus pacientes, y él necesitaba oírlas para concentrarse. El silencio lo aturdía.

Desde la pantalla le llegaban las noticias; una le llamó la atención y entonces subió el volumen. Allí estaba la periodista que cubría los hechos policiales. Salía al aire desde la puerta de una casa con el frente pintado de color marfil; al parecer allí había aparecido el cadáver de una chica muy joven, alguien la había apuñalado. Los vecinos se acercaban al micrófono. Todos tenían algo para aportar, pero nada de lo que decían era concreto, sólo conjeturas disparatadas. Estaba pensando en cómo la necesidad de protagonismo y atención puede llevar a una persona a hablar públicamente de algo que no conoce, cuando se dio cuenta de que ese barrio que mostraban por televisión era el de la clínica. La casa del crimen quedaba a tan sólo dos cuadras del lugar en el que él estaba ahora. Se levantó de la silla, abrió la ventana y se asomó, miró hacia la izquierda y pudo ver los móviles de la televisión estacionados en doble fila. El sonido del teléfono lo sobresaltó. Metió la mano en el bolsillo del pantalón y, sin mirar la pantalla, atendió el celular.

—Acabo de recibir tu mail.

El dueño de la clínica, el doctor Alberto Echepare, pasaba gran parte de la semana en su campo de Olavarría, pero siempre estaba *on line* para las consultas. Los familiares de los pacientes pagaban por mes una cifra demasiado alta y exigían atención por cada uno de los pesos que depositaban en la cuenta de Echepare.

—Alberto, Mauro está otra vez internado. Lo trajo su padre durante la madrugada. Tuvo un brote feroz, llegó todo lastimado.

—¿Lastimado?

—Sí, tiene rasguños en el pecho y en la cara. Pero aunque te parezca mentira, no es eso lo que me preocupa, no es la primera vez que Mauro se autolesiona. Hay otra cosa, Alberto.

—Contame.

El psiquiatra no sabía qué palabras usar para que Alberto entendiera de una vez por todas que la psiquis de su ahijado cada vez se parecía más a un espejo destrozado, de la que quedaban unos pedazos rotos que sólo reflejaban fragmentos más rotos aún.

—Está desconectado de la realidad, como siempre, pero hay algo que me llama mucho la atención y que es novedoso en su conducta.

Hizo un silencio. Del otro lado de la línea, su jefe, respondió con más silencio. Decidió seguir.

—Lo que me llama la atención es que, cada vez que vuelve al plano de lo real, intenta contarme qué fue lo que le ocurrió anoche.

—¿Te lo dijo?

—No de la manera tradicional. Pero manifiesta enojo contra algo o contra alguien —comentó y respiró profundo. Se sentía muy incómodo hablando de Mauro con un tercero. —Alberto, Mauro se pasó horas insultando a una almohada, pero...

—El chico nunca fue violento, pero su estado mental nos puede deparar sorpresas... —lo interrumpió Echepare, intentando relativizar lo que le contaba el psiquiatra.

—No, Alberto, Mauro está recreando una escena, una secuencia. Busca la manera de contarme lo que le provocó semejante brote.

—¿Lograste interpretar qué es lo que quiere decir?

—En la escena, él golpea a alguien, usa la almohada como víctima y se frustra porque, lógicamente, no sale sangre. Pero, aunque te parezca mentira, no es eso lo que me sorprendió.

—¿Qué fue entonces?

—Mauro llegó al punto de desdoblar su personalidad. Logró cambiar hasta su voz. En esa escena recrea a dos personajes en simultáneo. Uno de los personajes es una mujer.

Mauro logró imitar el registro de voz femenino. Alberto, los gritos de esa mujer son aterradores.

Del otro lado de la línea, el dueño de la clínica dejó sobre una mesa el vaso de jugo de naranja que había estado tomando: sintió que el líquido se volvía agrio en la boca. Con temor, preguntó:

—Matías... ¿Y qué dice esa voz de mujer recreada por Mauro?

—No me mates.

—¿Perdón?, no entiendo.

—Eso grita. En la escena que recrea Mauro, claramente hay un asesinato.

Los dos se quedaron en silencio, como si la comunicación telefónica se hubiera cortado. Ambos sabían que Mauro tenía cambios bruscos de humor, que se replegaba sobre sí mismo, que solía tener alucinaciones visuales y auditivas, habían luchado durante años contra la psicosis del chico. Pero estos síntomas de las últimas horas eran nuevos. El psiquiatra Matías Aguirre se sentía derrotado. Los demonios internos de su paciente estaban ganando. El dueño de la clínica rompió el silencio.

—Matías, reforzale o cambiale la medicación. No sé, fíjate. Pero te voy a pedir un favor muy grande.

—Te escucho.

—Si esto que me estás contando sale de la clínica, considerate despedido.

—Eso no es un favor, es una amenaza —disparó el psiquiatra más enojado que sorprendido.

—Tomalo como una advertencia —fue lo último que dijo Echepare antes de cortar la comunicación.

Por primera vez, después de años de trabajar en Los

Tilos, sintió que empezaba a dejar de ser su lugar. A Echepare le importaba el buen nombre de su clínica. Al psiquiatra, sólo sus pacientes.

Había empezado a tener calor, se sacó el suéter gris. Sintió que su consultorio le quedaba chico, lo asfixiaba. Se acercó otra vez a la ventana, necesitaba tomar aire. Cada vez más móviles de televisión se acercaban a la casa vecina. Por suerte, no era día de visitas, pensó; los familiares de los internados no se sentirían cómodos con tanto movimiento en el barrio. Muchos se ponían anteojos oscuros o sombreros para entrar a la clínica psiquiátrica, cubrían con accesorios de moda la vergüenza que les daba la locura de los suyos.

Se sentó detrás de su escritorio, su casilla de mails todavía estaba abierta. La cerró y empezó a buscar el archivo donde tenía prolijamente guardados los datos médicos de Mauro Solari. Eran cinco páginas de Word; allí figuraban, año por año, cada una de sus internaciones, los cambios de medicación y esos espacios en blanco en los que Mauro había podido intentar hacer una vida normal con su familia, fuera de la clínica. El psiquiatra empezaba a redactar las novedades de las últimas horas, cuando un poco por instinto, un poco por curiosidad, buscó con el *mouse* la primera página del archivo. Había una foto del chico, con menos años y más kilos, su nombre completo, su patología, los teléfonos de las personas a las que había que llamar en caso de emergencia y la dirección de su casa. Fue en esa línea en donde Matías Aguirre clavó la mirada. Se le heló la sangre. Hubiera necesitado tener a mano el suéter gris que había dejado colgado en el perchero hacía unos minutos. Cerró los ojos con la esperanza de que al abrirlos la pantalla de la computadora devolviera otra cosa. Pero no, nada había cambiado. La dirección del chico seguía escrita allí. Mauro Solari vivía en la misma cuadra en la que, según decían por televisión, la noche anterior una chica había sido asesinada.

23

Juánez salió de la casona de la abuela de Minerva del Valle y entró en el auto en el que lo estaba esperando el cabo Ordóñez. El policía se había quedado dormido con uno de los brazos apoyado en la parte de abajo del volante y el otro, sobre la pierna. Fue esa posición desprolija la que le llamó la atención a Juánez. Se quedó unos minutos mirando dormir a Ordóñez. Cerró los ojos y apretó con fuerza los párpados. Un detalle que se le había pasado por alto estaba queriendo salir a la superficie. Abrió los ojos de golpe. Tomó con suavidad el brazo de Ordóñez por la muñeca, lo levantó unos centímetros y lo dejó caer. Ordóñez se despertó de golpe.

—Uh, jefe, disculpe, me quedé dormido —dijo mientras se ponía el cinturón de seguridad.

Como Juánez lo seguía mirando en silencio, Ordóñez le preguntó:

—Jefe, ¿le pasa algo?

—No, Ordóñez, arrancá.

Juánez miraba por la ventana. Pero, en realidad, no le

interesaba nada de lo que veía. Ni las calles, ni los árboles, ni la gente lo entretenían. Lo que ocupaba su pensamiento era la imagen del brazo de Ordóñez cayendo sobre la pierna. Había caído igual que el brazo del cadáver de Gloriana Márquez cuando, unas horas atrás, Juánez lo había levantado para certificar que era un reloj Cartier original el que brillaba en la muñeca izquierda. Ambos brazos —el de Gloriana y el de Ordóñez— se comportaban igual. Pero Gloriana estaba muerta.

—Ordóñez, en la próxima girá a la derecha. Vamos a la morgue.

Subió las escaleras corriendo, con la sensación de que algo se le iba a escapar. Un presentimiento bastante absurdo, teniendo en cuenta que de la morgue muy poca gente se va por sus propios medios. El edificio viejo, pero bien conservado, es un monumento a los secretos de la crónica policial argentina. Por sus depósitos y sus mesas de autopsia circularon los hombres y las mujeres que durante años tapizaron las tapas de los diarios. Los «huéspedes VIP», así llaman los empleados de la morgue a las víctimas de asesinatos célebres o a los célebres asesinados. El humor, negrísimo, es lo que los mantiene del otro lado de una línea que internamente todos trazan. Muertos por allá, vivos de este lado.

En un escritorio de metal color verde estaba sentada Elisa, una española de sonrisa permanente que recibía a muertos y a vivos. Un cerco infranqueable con el que había que toparse sí o sí antes de pasar a las entrañas del edificio. La gallega, como se la conocía, tenía sobre la mesa de recepción dos cuadernos enormes, donde anotaba prolijamente cada uno de los ingresos. El de tapa roja, para los vivos. El de tapa negra, para los otros. Todos recuerdan cuando se confundió y anotó en el cuaderno de los muertos el ingreso del jefe de Toxicología. «Gallega, no te adelantes, no seas ansiosa», le dijo ese día el médico-víctima del error, riéndose. «Ya mismo lo borro, doctor, no sea cosa que alguien se ponga contento antes de tiempo», le contestó la mujer, que tenía la lengua más filosa que un bisturí.

—Hola, Juánez, ¿qué pasa que está tan apurado?

—Hola, galleguita, ando a las corridas. Estoy con la investigación del crimen de la chica de zona Norte.

—Ah, sí. Gloriana... Márquez —dijo mientras chequeaba el ingreso en el cuaderno negro—. Una VIP. Recién escuché en la radio que hablaban de ella. Pobre piba, tan jovencita.

Juánez apoyó sus manos en el escritorio, se acercó y le habló en un tono confidente. Pudo oler el perfume dulzón que solía usar la mujer.

—Gallega, ¿quién le está haciendo la autopsia a la chica?

—El pelotudo de Aguada —contestó a media voz.

Aunque parezca mentira, la experiencia de un médico forense no se mide en años de profesión, se mide en cadáveres autopsiados. El doctor José María Aguada solía ostentar las más de ochocientas autopsias que figuraban en su haber. Sin embargo, era vox pópuli la cantidad de veces que sus compañeros habían tenido que rehacer el trabajo o completar datos que Aguada, por impericia o falta de ganas, dejaba en blanco en los casilleros de los protocolos. Al «carnicero» Aguada, como lo conocían sus pares, le encantaba la televisión. Era común verlo desfilar por los paneles de los programas donde era recibido como una especie de semidiós. «El día que el carnicero sepa los nombres de los huesos del cuerpo humano como sabe el nombre de los periodistas, hago una fiesta», solían ironizar sus colegas cada vez que lo veían sentado e impecable del otro lado de la pantalla.

—¡Qué pregunta boluda que te hice, gallega!, ¿no?

—Y sí, Juánez, con la exposición mediática que tiene la muerte de esta pibita, mirá si Aguada se la iba a perder.

El investigador y la recepcionista se miraron y sonrieron con complicidad y resignación. La gallega abrió el cuaderno de tapa roja y anotó el ingreso de Juánez, al mismo tiempo con la mano izquierda señaló la puerta.

—Adelante —dijo—, y que te sea leve.

Francisco Juánez recorrió el largo pasillo en segundos. Decidió subir por las escaleras los tres pisos que lo separaban de las instalaciones en las que se estaba haciendo la autopsia de Gloriana Márquez. Abrió la puerta del vestuario. De manera automática, se puso el ambo de cirujano, guantes de látex, gorro y antiparras de seguridad ocular. Con el hombro derecho empujó la puerta vaivén y se metió en la sala. El trabajo sobre el cuerpo de la chica estaba por empezar. Parecía una muñeca de cera sobre esa mesa fría de acero inoxidable. El forense Aguada no estaba solo: un asistente con poca experiencia pero mucho entusiasmo lo escoltaba.

—Bienvenido, Juánez. Soy Cristian Ado, ayudante del doctor Aguada —se presentó mientras le tendía la mano enguantada. Juánez notó que el chico temblaba. Tomó la mano con las dos suyas y le sonrió.

Aguada no se molestó en acercarse a saludar. Estaba ocupado mirando con atención cada centímetro del cuerpo de la chica. Las posibles heridas en un cadáver son lo primero que hay que buscar. Nadie puede saber con certeza los desgarros que pueda ocasionar la autopsia. Y así como la muerte no tiene vuelta atrás, la autopsia tampoco. Un forense que confunde una herida hecha por el asesino con una que es producto de su propio bisturí puede ocasionar el derrumbe de una investigación. Y Aguada era bastante propenso a ese tipo de errores.

Cristian Ado se paró a la derecha del médico con un cuaderno y un lápiz, listo para tomar nota.

—Sexo femenino, metro cincuenta y ocho de altura, 57 kilos de peso total. —El forense recitaba sin levantar los ojos del cuerpo. —Aseo básico correcto, nutrición aparentemente adecuada, dentadura completa. ¿Anotaste?

—Sí, doctor Aguada.

—Sigo. Lesiones contusas exulcerativas a la altura del cuello y lesiones punzo cortantes típicas en la misma zona.

Juánez se acercó a la mesa de autopsia. Sacó del bolsillo su libretita negra y empezó a generar sus propios apuntes. Lo que describía Aguada coincidía con lo que sus propios ojos corroboraban. Las exulceraciones se veían claramente, rasguños nacarados que el asesino había provocado con la chica todavía viva. «Nadie sale a matar de esta manera, porque sí», pensó el investigador, sorprendido por el ensañamiento que el cuerpo de Gloriana empezaba a revelar. Con un tono de voz monocorde, el forense siguió con el dictado macabro.

—No se observa material genético debajo de ninguna de las uñas del cadáver. Una de ellas, meñique de mano izquierda, está rota.

«No se defendió —pensó automáticamente Juánez—, no peleó por su vida, mierda.» Cómo si Aguada hubiera escuchado lo que pasaba por la cabeza del investigador, acotó.

—No veo signos de autodefensa. Ninguno. Anotá, Cristian: el cadáver no presenta signo alguno de haber estado maniatado. Muñecas y tobillos intactos. ¿Anotaste?

—Sí, doctor —contestó el chico tímidamente.

Juánez se acercó aún más, sin que Aguada intentara evitar lo que ya era una clara invasión de su ámbito de trabajo. Tal vez el forense estaba resignado y sabía que Juánez no iba adonde lo invitaban, sino adonde él quería.

—Aguada, ¿qué tiene en la boca? —preguntó.

—Cianosis, Juánez, todavía no llegué a ese punto —contestó con desgano—. Pero claramente el color azulado de las mucosas nos está hablando de un cuadro de asfixia.

—No, no, Aguada —insistió Juánez, señalando la boca de la chica con un lápiz—. Fijate que entre los labios hay algo que brilla.

El forense y el ayudante se acercaron con curiosidad. El foco de luz blanca que iluminaba el cadáver dejaba notar algo en la boca de la chica. El forense seleccionó entre el instrumental un depresor lingual de acero inoxidable y abrió la boca de la chica.

—Dame una pinza, Cristian.

El chico se la alcanzó. El corazón le latía rápido. Era inexperto, pero notaba que algo importante estaba por ocurrir. El forense usó la pinza con cuidado y sacó de entre los labios de Gloriana un elemento transparente.

—Es un mordillo de silicona. De esos que se usan para no chocar los dientes mientras se duerme.

Aguada levantó la cabeza y miró a Juánez. El investigador tomaba nota del hallazgo en su libretita negra.

—No entiendo qué escribís, Juánez. Esto es una boludez. Un mordillo de mierda que sólo nos indica que la chica bruxaba y que para evitar que se le arruinaran los dientes dormía con este chirimbolo.

El investigador por primera vez le clavó la mirada.

—Ahora voy a escribir una lista de todo lo que a vos te parece una boludez, Aguada. Con la mitad de esa lista voy a resolver el caso. Dale, te escucho.

El forense estaba perdiendo la paciencia. No quería a Francisco Juánez husmeando y cuestionando su tarea, pero no le quedaba otra. Ya se lo había advertido el director de la morgue: «Juánez tiene acceso a todo lo que necesite». Tenía que agachar la cabeza y esperar el momento adecuado para devolver el zarpazo.

Con buen tino, el forense Aguada decidió hacer silencio y seguir con su tarea.

—Cristian —dijo mirando al ayudante—, tomá nota sobre el hallazgo del mordillo de silicona.

Mientras el chico escribía, notó que Juánez se había acercado aún más al cuerpo y miraba con atención el interior de la boca de la chica. Aguada no se iba a dejar ganar de mano otra vez. Con el depresor lingual abrió un poco más la cavidad bucal.

—Tiene una lesión en el labio superior que coincide con el borde de los dientes —describió, y siguió hurgando con cuidado—. En el labio inferior hay otra.

—¿Se ve algo en la lengua? —preguntó Juánez, esta vez sin ironía.

—Sí, una pequeña lesión en el borde. Fijate.

Juánez se acercó y constató cada uno de los hallazgos. Parecían pequeños y sin importancia, pero decían mucho sobre la mecánica del crimen. Todas las lesiones eran del cuello para arriba. El cuerpo parecía intacto.

—Aguada, me quedé pensando en algo —dijo Juánez mientras esbozaba en su libreta negra una hipótesis de la mecánica que podía haber usado el asesino para matar—. ¿Me podés decir si notaste algo en los tobillos y en las muñecas?

—Nada, no hay ningún tipo de escoriación, fíjate. —Con las manos enguantadas, el forense tomó una de las muñecas de la chica y la giró lentamente. —Nada de nada. —Hizo lo mismo con el tobillo izquierdo. —Anotá, Cristian: el óbito no presenta escoriaciones ni lesiones en miembros inferiores y superiores.

—Anotado, señor.

Los tres al mismo tiempo dieron un paso hacia atrás y se quedaron en silencio, mirando el cuerpo desnudo y sin vida de Gloriana Márquez, con la certeza de que el asesino había matado de más.

24

«Voy a pedir la detención de Minerva del Valle, llamame en cuanto puedas.» Juánez se quedó helado, con el celular en la oreja. Era la voz del fiscal Roger, que había tomado una decisión drástica. Le temblaban las manos cuando marcó el número. En cuanto escuchó la voz aflautada de Roger fue al grano, no había tiempo para saludos.

—Doctor, ¿con qué pruebas va a pedir la detención de la chica Del Valle?

—Juánez, ¿desde cuándo me decís «doctor»? —preguntó el fiscal con una sonora carcajada—. Somos amigos, ¿qué pasa?

—Mi amigo Marquitos Roger jamás pide una detención sin un resultado de autopsia, ¿qué es lo que estás haciendo ahora? —dijo, tomando un poco de aire para mantener la calma—. Yo soy el que te pregunta qué pasa.

—Me importa un carajo la autopsia, Juánez. —El fiscal levantó el tono de voz mientras ponía sus pies sobre el escritorio de caoba que se había mandado a hacer en cuanto había ocupado el cargo. —A Gloriana Márquez la mataron, y la única que estaba en ese lugar, en ese momento, es la amiguita ésta, Minerva. Fin de la cuestión —aseguró convencido, mientras del otro lado de la línea sólo hubo silencio—. ¿Estás ahí, Juánez?

—Sí, yo estoy acá —respondió Juánez con una calma inquietante—, pero la que no estaba en ese momento, en ese lugar, es Minerva.

—A ver, Juánez, aflojá. —El fiscal Roger se mostró interesado. La voz de Juánez lo había puesto en alerta. —Podemos juntarnos y hablar.

—¿Ya le pediste la detención al juez de garantías?

—Sí, acabo de mandarle el pedido.

—Tarde, doctor Roger. Entonces no tenemos nada de qué hablar.

Juánez cortó la comunicación sin bronca, sin ira. «El que se calienta pierde», solía decirle su padre. Había salido de la sala de autopsias para chequear los mensajes que no paraban de entrar en su teléfono, pero principalmente para avisarle al fiscal que había un dato clave que no se estaba teniendo en cuenta: la hora del asesinato de Gloriana Márquez. La data de muerte, como se dice en la jerga forense. Sin embargo, alguien le había ganado de mano. Y no era difícil adivinar quién. El forense Aguada había empezado a cobrarse los malos momentos.

Se apoyó contra la pared y cerró los ojos. Cuando creyó que nada podía empeorar, otra vez sonó su teléfono. Atendió de manera automática. Era la periodista que cubría los policiales para el canal de noticias.

—Juánez, ¿van a detener a la amiga de la muerta?

—Probablemente, el pedido está hecho —contestó sin abrir los ojos—. Hay que ver qué dice el juez.

—Gracias, Juánez.

El investigador cortó. «Listo —pensó—, ya está en los medios. Ahora empieza la verdadera cacería.»

Guardó el celular en el bolsillo sin chequear los mensajes pendientes. Con paso firme y una calma aparente entró nuevamente en la sala de autopsias.

25

Aguada ya había abierto el cuerpo. Lo necesario para saber si la chica había consumido alcohol o drogas ya había sido extraído de sus venas. El forense estaba detenido trabajando sobre los pulmones.

—Edema pulmonar, rotura de tabiques intralveolares y hemorragia pulmonar —recitaba el forense, mientras el ayudante Cristian tomaba notas—. La asfixia podría ser una probable causa de muerte, anotá pibe.

La paciencia de Juánez estaba tan muerta como el cuerpo de Gloriana Márquez. Sin dejar de mirar al forense, interrumpió el dictado macabro.

—Cristian, no escribas esa pelotudez. —El chico se quedó paralizado, una media sonrisa se le dibujó en la cara. —Y si la escribís, no te la creas.

Durante segundos, Aguada se quedó inmóvil. Su ambo blanco manchado con sangre, sus antiparras también salpicadas, algunos mechones de pelo canoso sobresalían de la cofia. Tenía un brazo pegado al cuerpo y el otro levantado, con el bisturí en la mano. Parecía la caricatura de un asesino serial de película clase B.

—¿Vas a seguir rompiéndome las pelotas, Juánez? —preguntó mientras sus mejillas enrojecían.

—Probablemente. —Juánez le sostuvo la mirada lo suficiente para que las cosas quedaran claras. No pensaba dar un paso atrás. Giró y se dirigió directamente al ayudante. —Cristian, la piba no murió por asfixia. Fueron las lesiones vitales en el cuello las que produjeron la muerte.

Sin cambiar de posición, Aguada interrumpió.

—¿Y las lesiones en los pulmones? No me hagas reír, Juánez, por favor.

Sin mirarlo, el investigador siguió con su teoría de la mecánica del crimen de la chica.

—Hubo un proceso de asfixia mecánica que le hizo perder la conciencia y lastimó sus pulmones. El asesino la tuvo indefensa luego de taparle la boca y la nariz durante menos de un minuto. —Cerró los ojos y empezó la imaginar la escena, el momento del crimen se recreaba en su cabeza. —Con un cuchillo o tal vez con un pedazo de vidrio, lesionó el cuello. Fue una secuencia rápida, unos treinta o cuarenta segundos, tal vez.

Abrió los ojos de golpe y miró al forense, que los escuchaba con disimulada atención.

—Aguada, confírmame el estado de la vena subclavia.

—Perforada —contestó, casi en un susurro.

—Lo imaginaba. Con la vena subclavia perforada, la sangre fue a la cavidad pleural, por eso en la habitación había mucha sangre, pero no había salpicaduras. Si el arma hubiera cortado alguna sección de la carótida, la sangría habría sido mayor. —Apoyó su mano sobre la frente fría de Gloriana Márquez. —Fue así. Así la mataron. Mientras dormía.

—Claro, por eso tenía puesto el mordillo de silicona, estaba dormida. La mataron a traición —concluyó el ayudante Cristian Ado.

Juánez lo miró y sonrió. El chico había entendido todo. En el partido que se jugaba en la mesa de autopsias, habían quedado determinados los equipos, y el forense Aguada se estaba quedando solo. Pero no era suficiente ganar en el plano de las chicanas, el investigador sabía que su trabajo era jaquear hipótesis para reducirlas. Tenía que salir de las posibilidades hacia el terreno de lo probable y arrimarlo lo más posible a lo cierto. Pero también sabía que todo era a contrarreloj. Apostaba diez años de su vida, y no los perdía, a que el juez de Garantías había ordenado detener a Minerva y su meta era salir de la morgue con una llave que pudiera abrir esas rejas. Tenía la certeza de que la chica no tenía nada que ver con el crimen y éste era el único momento del que iba a disponer para avalar científicamente lo que hasta ese momento había sido sólo una corazonada.

El cuerpo de Gloriana Márquez presentaba lividices en el lateral derecho del rostro y en la parte frontal de los muslos. «La sangre en la almohada y en el colchón indican que fue asesinada sobre la cama —pensaba Juánez—, pero el cuerpo apareció en el piso.»

—La escena está servida —dijo en voz alta el investigador, mientras pasaba el dedo índice enguantado por una de las piernas amoratadas de la chica.

El forense Aguada se sacó las antiparras, los vidrios estaban salpicados de sangre. Se puso a limpiarlos con una gasa mojada con solución fisiológica. Aunque intentaba disimular, seguía con atención cada movimiento de Juánez.

—Cristian, vamos a traducir lo que nos está diciendo este cadáver —Juánez hablaba y señalaba el cuerpo, mientras el ayudante anotaba ansioso. El gran Juánez estaba a centímetros de él, dándole una clase personal de medicina forense. Era su día de suerte.

—Dejá de tomar notas y mirá. —Ambos se acercaron y clavaron los ojos en las manchas violáceas. —Cuando morimos, la circulación se frena, y ¿qué pasa con la sangre?

Sin dejar de mirar a Gloriana, Cristian contestó:

—La sangre cae por acción de la fuerza de gravedad hacia las partes declives. A medida que pasa el tiempo, esa sangre se convierte en las manchas violáceas que vemos habitualmente en los cadáveres —dijo mirando al investigador, casi con temor.

—Bien. ¿Y qué nos dicen esas manchas o lividuces?

—Eh… bueno… Nos ayudan a saber cuál era la posición del cuerpo al producirse la muerte y de qué manera la sangre se va desplazando dentro del cuerpo sin vida. Analizando las lividuces podemos determinar si hubo cambios en la posición original.

—Mirá bien este cadáver. ¿Qué ves? —Juánez se había alejado para que fuera Cristian el que tomara el lugar central.

—Veo que las manchas están fijas en la parte frontal del cuerpo —dijo, y enseguida hizo un silencio para pensar cada una de las siguientes palabras que iban a salir de su boca—. Coinciden con la posición en la que fue encontrada: boca abajo, en el piso, pero…

—¿Pero, qué? —le preguntó Juánez, y lo chicaneó—: Seguí, mirá, pensá…

—Pero… La mataron sobre la cama. —Cristian tomó aire y se animó a decir: —Entonces, una cosa es cómo la mataron y otra cómo la manipularon. La mataron en la cama, pero las lividences necesitan entre cuatro y seis horas para hacerse notar…

—¿Entonces? Te escucho, pibe.

—Entonces —siguió el muchacho—, por algún motivo, el asesino la movió de la cama y la dejó en el piso —Juánez asentía con la cabeza, entonces el chico se animó a seguir: —Armó la escena, Juánez. El asesino armó todo.

—Muy bien, Cristian. Ahora hablemos de la marca.

El forense Aguada había terminado de limpiar sus antiparras. Con las manos en los bolsillos del ambo, seguía, en silencio, la charla entre Juánez y el ayudante. «La piba Minerva ya debe estar presa, y estos dos jugando a complicar las cosas», pensaba, sintiéndose un triunfador.

—¿Qué marca, Juánez? —preguntó Cristian.

—La de la pierna, boludo —interrumpió Aguada.

El chico hizo caso omiso de la intervención del forense, y siguió concentrado en la única persona a la que respetaba en esa sala de autopsias: Francisco Juánez.

—Muy bien, Aguada —ironizó Juánez—. Ya casi parecés un forense de verdad. —Miró al chico y siguió: —Cristian, vení, acercate. —Se acercaron. —En la pierna hay una marca…

El chico interrumpió.

—Sí, parece un tatuaje, pero no lo es —dijo, y se acercó aún más—. Es evidente que el cuerpo de la chica estuvo tirado sobre un elemento que le dejó esta marca, como si fuera un tatuaje.

—Exacto —dijo Juánez mientras se acercaba aún más—.

La clave no es la marca, la clave es el tiempo —aseguró mientras cerraba los ojos, y empezó a recrear nuevamente el momento del crimen en su cabeza—. El asesino atacó a Gloriana mientras dormía. Le tapó la boca y la nariz con la mano. La chica se desvaneció por la falta de oxígeno. Intentó un degüello pero no le salió bien. Llegó a cortarle el cuello lo suficiente como para matarla. Por alguna razón que desconocemos la arrastra y la deja tirada boca abajo, sobre el piso…

Como si estuviera en trance, el ayudante Cristian Ado también cerró los ojos y siguió con el relato que había empezado Juánez.

—En el piso había un elemento pequeño alargado, probablemente de metal, que le dejó una marca en la pierna. Para que eso ocurriera, el cadáver tuvo que estar tirado en el piso más de cuatro horas. —Abrió los ojos y preguntó: —Juánez, ¿el elemento que le dejó la marca fue hallado en la escena del crimen?

El investigador sonrió complacido: el chico se había dado cuenta de todo. Hizo la pregunta que había que hacer. La necesaria.

—No, Cristian. No estaba. Además de la vida de Gloriana, el asesino se llevó la prueba. Quién tenga ese elemento, tiene todo.

26

Mi lugar favorito en el mundo no es el Times Square en Nueva York, ni la Torre Eiffel en París, ni siquiera el barrio acomodado en el que me crié en Buenos Aires. Mi lugar favorito es una mecedora de mimbre que mira al mar de Montañita, en Ecuador.

Cuando compré el parador en la playa, estaba destruido. Era un cuadrado amplio con paredes de ladrillo a la vista, y un techo mitad chapa, mitad hojas de palmera. El piso era de cemento alisado sin terminar y desembocaba directamente en la arena. Me identifiqué al instante con esa ratonera. Así me sentía yo, ajada, derrumbada, vacía. Intentar hacer del parador un lugar habitable iba a ser, un poco también, como levantar mis cimientos internos. Hoy, tantos años después sólo puedo asegurar que el parador quedó impecable.

En poco tiempo «La lechuza» se convirtió en un lugar de referencia en la ruta del sol ecuatoriana. Los panqueques «a la argentina» son un éxito. A falta de dulce de leche, uso el dulce de cajeta con el que unto la masa tibia y esponjosa de harina, huevos y leche.

En el terreno del fondo construí, casi con mis propias manos, mi nuevo hogar. Un monoambiente amplio y luminoso. Una cama grande, una mesa de luz de madera de pino y varios almohadones son lo único que tengo. No necesito más.

Un carpintero del lugar me hizo las seis mesas que hay en «La lechuza»; su mujer cosió unos manteles floreados con el género de sus cortinas. Ambos murieron hace tiempo, primero ella, después él. Ya eran viejos cuando los conocí. Veinte años atrás.

La mecedora de mimbre, mi favorita, fue el regalo que los hijos del matrimonio de ancianos me hicieron cuando vinieron desde Guayaquil a llevarse lo poco que quedaba en la casa de sus padres. «Fuiste una buena vecina», me dijeron con emoción. Acepté el regalo, no el cumplido. No fui una buena vecina.

Contemplando el mar y meciéndome en la silla, paso gran parte del día. Por la mañana esperando que lleguen los primeros turistas a desayunar; por la tarde, a los surfers con olor a sal, que llegan hambrientos después de una jornada de olas y adrenalina. Y por la noche, me acuno mirando estrellas hasta que el sueño me avisa que llegó la hora de dormir. De vez en cuando, me visitan fantasmas disfrazados de recuerdos. Al principio trataba de evitarlos, me levantaba de la mecedora y corría como poseída por la orilla del mar. Ahora ni me muevo, incluso los saludo. «Bienvenidos a Montañita», suelo decirles en susurros. Aprendí a convivir con ellos. Hasta Gloriana y sus gritos se me hacen más tolerables.

Esta mañana el dueño del parador de jugos y licuados vino hasta «La lechuza». Vi de lejos cómo caminaba con dificultad por la arena seca. El sol le daba un brillo especial a la piel de sus hombros. Con el último aliento y gotones de sudor cayendo por sus mejillas, me dijo desde la puerta:

—Minerva, me han robado un cajón de plátanos, fue por la noche.

Levanté los hombros y las cejas, sorprendida.

—¿Y yo qué tengo que ver, Jorgillo?

—Pues…nada —dijo, y se pasó la mano por la frente—. Sólo te aviso que pondré unas rejas en la puerta. ¿Quieres que te encargue una para tu parador?

Miré al piso, evaluando rápidamente la situación. Quise ser parca, como siempre, pero las palabras se me escaparon a borbotones.

—Si querés estar tras las rejas, es tu rollo, Jorgillo. ¡Nunca, pero nunca, me vas a ver detrás de barrotes! —empecé a gritar sin darme cuenta—. Y andate por donde viniste, ¿me escuchaste?

Jorgillo puso los ojos en blanco, se dio media vuelta y se fue refunfuñando en voz baja:

—Pues qué endemoniada esta argentina, Santo Dios.

Mientras me acuno en la silla, presto atención al trabajo que el herrero está haciendo en lo de Jorgillo. Pone unas rejas gruesas, negras, amenazantes. Hice bien en negarme a semejante ofrecimiento. De sólo verlas me agito. Supongo que todas las personas que estuvieron presas rechazan hasta con las tripas los barrotes. Y yo estuve presa.

Todavía me acuerdo del olor a trapo de piso húmedo que había en la celda en la que me alojaron. La mujer policía que me custodiaba preguntaba de manera insistente: ¿Cómo mataste a tu amiga? ¿Por qué la mataste? Yo sólo me limitaba a mirarla con desprecio. No iba a darle una palabra mía que pudiera llevarla a convertirse en la estrella de algún noticiero, o en la vecina ilustre de la peluquería berreta en la que seguro le hacían ese rubio ruin que tenía en el pelo.

Me hamaco en la mecedora con más intensidad. Hacía mucho que no pensaba en la cárcel. De a poco, el sol empieza a caer sobre el Pacífico. Cierro los ojos, respiro hondo, y en mi mente se dibuja un hombre: alto, flaco, atractivo, con unos ojos azules intensos, el pelo castaño con algunas canas, y bastante desalineado. Abro los ojos de golpe, sólo veo las olas reventar furiosas en la orilla.

—Francisco Juánez —digo en voz baja.

Como una ola espumosa, el recuerdo del investigador me inunda. Hasta creo oler en el ambiente el perfume cítrico que siempre usaba. «¿Qué será de la vida de Juánez?», me pregunto. «Tal vez murió, ya pasó mucho tiempo», me contesto.

Juánez fue el único, o casi el único, que me creyó. Me di cuenta tarde de todo lo que hizo para que mi verdad se convirtiera en la verdad. Nunca se lo agradecí. Tampoco me arrepiento por eso. No me arrepiento de nada. Gracias a cada cosa que hice o dejé de hacer, hoy estoy acá, y las rejas son sólo una imagen fugaz en la ventana de mi vecino.

27

Hace calor, como siempre en Ecuador, pero se me pone la piel de gallina y siento la necesidad de abrazarme a mí misma. Lo hago. Me hundo en la mecedora y cierro de nuevo los ojos. Puedo escuchar el ruido de una puerta cerrarse y la voz lejana de la mujer policía, la del pelo de color amarillo huevo.

—Pasá, Juánez, la pibita ésta necesita una par de sopapos, a ver si se le pasa un poco el agrande...

—Ni se te ocurra ponerle una mano encima, porque te bajo de un plumazo.

Yo seguía sentada en la punta del catre inmundo que había en la celda. No quería tocar nada. Tenía miedo de que la culpabilidad fuera contagiosa y de que tarde o temprano se me pegara de manera visible en la piel.

Levanté la cabeza y lo vi a Juánez del otro lado de las rejas. Estaba despeinado, con profundas ojeras y los ojos irritados. Yo no me veía muy distinta.

La policía de pelo color amarillo huevo le abrió la celda, Juánez la echó con sólo una mirada. Él entró, corrió una silla de metal y se sentó con las manos apoyadas en las rodillas.

—Se te complicó la historia, nena —dijo casi resignado.

Le dediqué una semisonrisa.

—A mí, no. A ustedes se les complicó todo. Metieron presa a la persona equivocada.

—Ya lo sé.

Me quedé con la boca abierta. No esperaba esa respuesta de Juánez. ¿Él creía en mi inocencia? Dejé que siguiera hablando.

—El fiscal Roger y el juez de garantías no tienen dudas, dicen que vos mataste a Gloriana. Por eso estás acá. El forense Aguada asegura que la acuchillaste antes de irte a trabajar...

Lo interrumpí.

—¿Y usted qué cree, Juánez?

—No le creo ni al fiscal ni al juez, y mucho menos al forense —dijo evitando dar una respuesta directa—. ¿Hay algo que no me hayas contado? Es ahora o nunca, Minerva —aseguró, e hizo un silencio—. No te quedan muchas oportunidades.

—Fue un robo, estoy segura. Alguien entró a robar, tal vez Gloriana reconoció al ladrón y por eso la mató —sostuve, y miré a Juánez para percibir en él alguna reacción—. Creo que fue eso lo que pasó.

—¿Un robo?... Suena raro. —Pensó unos segundos y agregó: —Gloriana tenía puesto su reloj Cartier, estaba su teléfono celular, hasta su cartera con ochenta pesos... No creo que haya sido un robo.

Me mordí el labio inferior, mientras me sonaba las articulaciones de los dedos de las manos.

—Y... ¿la plata del cajón? —pregunté en voz muy baja.

Juánez acercó la silla unos centímetros.

—Perdón... no te escuché bien. ¿Qué dijiste?

Hablé más fuerte:

—En el cajón de la mesa de luz había plata, mucha plata, unos dos mil dólares. Estábamos ahorrando para irnos de vacaciones a alguna playa del Caribe. ¿Aparecieron?

—No, en la lista de objetos de valor no están. Bueno, Minerva —dijo Juánez mientras se levantaba y ponía la silla contra la pared de la celda—. Me voy. Probablemente venga tu abogado a plantear tu estrategia de defensa.

—¿Encontraron el objeto con el que la mataron?

—Si lo hubiéramos encontrado, tal vez el caso estaría resuelto. ¿No te parece?

—Sí, claro.

Ambos nos quedamos en silencio. Sentí los ojos de Juánez clavados sobre mí. Preferí mirar el piso. Cuando volvió a mirarme, ya me había acostado en el catre de la celda, con las rodillas pegadas al pecho. Sólo me sobresalté cuando escuché el portazo. Juánez se había ido.

Ahora, mientras recuerdo ese momento, también estoy con las rodillas pegadas al pecho, pero en mi mecedora favorita, mirando el atardecer en el bello mar ecuatoriano. El paisaje es bien distinto, aunque el vacío es el mismo.

—¡Minervaaaaaaa! ¡Aquí estoy!

El grito me saca de mis cavilaciones. Bajo las piernas de la mecedora e intento enfocar la vista hacia la orilla. Tapuy viene corriendo hacia mi parador. Se acerca jadeando, agitado. Viste un traje de baño azul bastante desgastado y antiguo. El pecho desnudo, lo muestra tal como es: un adolescente flaco, pero con los músculos marcados, como consecuencia de los trabajos forzados y del surf. Su piel tiene el color dorado que sólo pueden alcanzar los que viven toda su vida bajo el impiadoso sol. Su pelo negro está duro de tanto salitre marino, su sonrisa es amplia y aniñada y sus ojos, verdes, como los míos.

—Hola, chica. —Me estampa de golpe un beso en la mejilla.

—Quiero probar uno de esos panqueques argentinos de los que todos hablan.

Me levanto de la mecedora y hago el gesto de secarme las manos —que en realidad no están mojadas— en el delantal de cocina que siempre llevo puesto. Es de color rojo, con una lechuza pintada a mano. Regalo de un turista mexicano que un verano se robó lo poco que me quedaba de corazón, no fue mucho. Tal vez por eso lo olvidé rápido.

—Muy bien, vamos adentro y te lo preparo.

El chico se queda parado, clavado en la arena. Su sonrisa desaparece de golpe. Lo miro sorprendida.

—Chica, tengo un problema —dice Tapuy, y enseguida desvía la mirada; se lo nota avergonzado—. No tengo dinero, ni un dolarito...

Pongo los ojos en blanco.

—Mirá, Tapuy, esto es un parador de playa. En ningún lado dice «comedor comunitario» —digo ofuscada, pero una puntada en el estómago me hace cambiar de opinión—. Bueno, está bien, te voy a regalar un panqueque con la condición de que me hagas publicidad entre los surfistas.

Los dientes del chico vuelven a brillar. Ni bien entramos a «La lechuza», Tapuy se sienta frente a la barra, y yo saco de la heladera la mezcla para hacer el panqueque. Me lleva menos de diez minutos batirla, cocinarla y untar el disco cocido con el dulce de cajeta. Lo pongo en un hermoso plato de cerámica amarillo.

—Acá tenés, probalo. —Se lo sirvo mientras espero la reacción.

Tapuy se mete en la boca el primer bocado, y los ojos se le llenan de lágrimas. Me sorprendo.

—Minerva —balbucea con la boca todavía llena—, esto es una maravilla. Nunca he comido algo tan delicioso. Eres mágica.

Sigue comiendo lentamente, tal vez para que el panqueque le

dure más en el plato. Me doy vuelta para lavar la panquequera
y dejar la cocina lista para mañana. El chico me mira sonriente,
con ambos brazos apoyados sobre la barra. El plato está vacío, no
ha quedado ni un pequeño resto del panqueque.

—Mañana —dice— llega un grupo grande de gringos. Vie-
nen a intentar surfear estas olas. Te prometo que los traeré a todos
a comer esta delicia, ¿vale?

—Vale —contesto sonriendo. El chico es un buen negociador.

—Oye, Minerva...

—¿Qué pasa ahora? —Tapuy no para de hablar. Levanto el
plato de la barra con la intención de lavarlo.

—Me gusta mucho tu parador —dice mientras camina alrede-
dor de las únicas seis mesas, acariciando los manteles floreados—,
y me gusta el nombre y el dibujo de tu delantal...

—Y veo que también te gustó el panqueque —lo interrumpo—.
Parece que hubieras lamido el plato.

—Lo hice —contesta con descaro, y me pregunta—: ¿Por qué
te gustan las lechuzas?

Me quedo quieta, parada con el plato en la mano.

—Bueno... tiene que ver con mi nombre, ya te dije que proviene
de una leyenda romana.

—Sí, me acuerdo de eso. Pero ¿Minerva en argentino quiere
decir lechuza?

No puedo evitar largar una sonora carcajada.

—No, es pura filosofía —le explico sin poder evitar seguir son-
riendo—. Es una metáfora de Hegel, un filósofo alemán, que mez-
cla a la diosa de la sabiduría con el espíritu que se eleva.

Lo miro. El chico tiene cara de no entender demasiado. De todos
modos, le digo la frase:

—La lechuza de Minerva emprende vuelo cuando llega el cre-
púsculo.

Tapuy se queda en silencio. Me mira con sus ojos grandes, más grandes que nunca.

—Es una metáfora de la filosofía, nene —intento explicarle.

Pero parece no importarle demasiado la explicación que acabo de darle, y se queda mirando el piso, como ido.

—Bueno, Tapuy, es hora de que te vayas —digo con unas ganas tremendas de estar sola, mientras me paso de una mano a la otra el plato vacío—. Estoy ocupada.

Entonces levanta la vista del piso y me clava la mirada. Se la sostengo. Estamos a menos de un metro de distancia. Puedo oler la sal en su piel y alcanzo, también, a ver esa famosa mancha en uno de sus ojos. Tiene razón: con un poco de imaginación, uno podría ver la imagen de la Virgen sobre el verde extremadamente claro.

—¿Sabes, Minerva? A mí también me gustan las lechuzas.

«Ay, no. Va a ponerse a hablar de nuevo», pienso con fastidio.

—Bueno, otro día lo hablamos —digo sin poder esconder mi cansancio, pero él no lo percibe y continúa hablando.

—Mi padre siempre decía que las lechuzas nos protegían, porque podían ver todo lo que ocurría de noche —comenta mientras se apoya contra una de las mesas—, y que servían para espantar a los fantasmas.

—Eso es mentira, Tapuy —digo casi sin pensar—. Mis fantasmas me visitan a diario. Mis lechuzas no surten efecto.

—Pues la mía, sí —remata con una sonrisa.

Por primera vez siento interés por sus palabras. ¿De qué habla?

—¿Tenés una lechuza como mascota? —pregunto con más curiosidad que asombro.

El chico larga una carcajada. Lo miro expectante.

—No... bueno... sí.

—¿Sí o no? —insisto.

¿Por qué Tapuy complica tanto las cosas, por qué estira tanto

la conversación? Estoy a punto de ponerme a lavar el plato, no resisto perder de esta manera el tiempo.

—Mi padre fue criado desde bebé por unas monjitas en Guayaquil —empieza por fin a contar, y se sienta en el piso con las piernas cruzadas—. Su madre lo abandonó en el convento. Cuando se hizo grande y hombre, las monjitas lo despidieron y le entregaron la ropa que le habían cosido durante años y las cositas que había dejado su madre cuando lo abandonó —interrumpe el relato, estira las piernas y empieza a jugar con la arena del piso—. En un bolso de cuero marrón, había una manta muy bella, tejida en hilo de color celeste, y una estatuita pequeña de cristal. —Deja las manos quietas, levanta la cabeza y me mira con intensidad. —La estatuita es una lechuza. Pequeña, muy pequeña. En lugar de ojos, tiene dos piedritas verdes.

El plato se me cae de la mano. Lo último que veo es una explosión de cerámica amarilla.

28

Habían pasado veinticuatro horas desde que encontraron a Gloriana Márquez asesinada en su propia casa, y algunas horas más, desde que la degollaron torpemente. Francisco Juánez tenía una única certeza: Minerva del Valle era inocente, pero estaba presa. Un fracaso.

Llegó a su casa después de un día larguísimo. Apenas entró, prendió todas las luces para despabilarse. Tenía mucho en qué pensar. Se sirvió una medida de whisky Macallan; luego se sacó la camisa blanca, la tiró hecha un bollo en el piso del living, y salió al pequeño balcón de su departamento. De allí podía ver muchas de las luces de Buenos Aires y sentir la brisa cálida que llegaba desde el río.

Después del segundo trago, empezó a marearse; no había comido nada en todo el día. «No tendría que haber tomado alcohol con el estómago vacío. Ojalá éste fuera el único error que cometí en las últimas horas», pensó mientras se sentaba en el silloncito desde el que solía mirar las estrellas. Había sido una tontería enfrentar al forense

Aguada, pero no podía dejar pasar la oportunidad de ningunearlo en su propio terreno. Un arrebato que Minerva estaba pagando caro. Otro error había sido creer que el fiscal Roger seguía siendo aquel joven entusiasta de la justicia; los años lo habían convertido en un burócrata facilista y gris de Tribunales.

La autopsia de Gloriana Márquez era clara y dejó expuesta la impericia inicial del forense Aguada. La rigidez cadavérica empieza por las mandíbulas y se va expandiendo al resto del cuerpo. Juánez sabía que en ese fenómeno que provoca la muerte estaba la clave del homicidio. ¿A qué hora había sido asesinada? Apuró el último sorbo de whisky de un trago y siguió dándole vueltas al asunto.

«Aguada insiste en que la chica tenía una rigidez irreductible cuando revisó el cadáver en el suelo del PH —repasaba mentalmente Juánez—. Según ese cálculo, a la chica la mataron entre dieciocho y veinticuatro horas antes de ser encontrada.» Sacó del bolsillo trasero del pantalón la libretita negra con sus anotaciones y empezó a pasar las páginas con avidez sin dejar de armar hipótesis. «Si Aguada tiene razón, entonces la única que estaba en la casa a la hora del crimen era Minerva, no hay otra opción.» El investigador arrancó una de las hojas del anotador, se recostó en el respaldo del sillón del balcón y respiró hondo.

—Aguada, no tenés razón, no tenés razón —murmuró en la soledad de su departamento.

La certeza de Juánez estaba en la hoja que había separado del resto. Con tinta negra y letra desprolija había escrito: «Muñeca reloj Cartier blanda». Siguió hablando solo, ahora en voz más alta:

—Cuando levanté el brazo de la muerta, pude ver que tenía un reloj de oro en la muñeca izquierda. —Automáticamente se tocó su muñeca. —Le levanté el brazo y lo dejé caer como una bolsa de papas. Lo moví sin hacer fuerza. No estaba dura, no estaba rígida.

Juánez empezaba a interpretar las alarmas que le habían sonado la noche en la que, frente al cadáver, Aguada le había dicho que la chica llevaba muerta veinticuatro horas.

—Ay, Aguada, la puta que te parió —gritó—. Si ese cuerpo hubiera tenido una rigidez irreductible, sólo rompiendo los músculos hubiera podido mover el brazo.

Sabía que ese dato era lo único que podía salvarle el pellejo a Minerva del Valle; la hora de la muerte era el motivo por el cual estaba tras las rejas. Los procesos de descomposición cadavérica son claros. El cuerpo se empieza a poner rígido de a poco, la rigidez máxima se alcanza veinticuatro horas después de perder la vida; a partir de ahí y como por arte de magia, se empieza a ablandar nuevamente, y treinta y seis horas después de muerto, un cuerpo vuelve a estar laxo.

Juánez se levantó del sillón y se sirvió otro whisky, haciendo caso omiso al mareo que le había dejado el anterior. Levantó el teléfono que tenía en la mesita donde guardaba las botellas de alcohol y marcó un número de memoria.

—Cristian Ado, adelante —dijeron del otro lado de la línea.

—Hola pibe, soy Juánez. —La voz le patinaba, sentía la boca seca. Apuró otro trago de whisky. —¿Ya guardaron en la heladera el cadáver de la piba?

—Sí, Juánez. ¿Está usted bien?

—Sí, sí, pibe —aclaró el investigador mientras intentaba recomponer el tono de su voz—. Tengo que preguntarte algo muy importante, ¿estás solo? ¿Podés hablar tranquilo?

—Sí, claro —contestó el chico, sorprendido. Nunca imaginó que Juánez, el gran Juánez, pudiera emborracharse, pero ahí lo tenía del otro lado de la línea claramente entonado.

—¿Cuando manipulaste el cadáver para guardarlo en la heladera, cómo estaba? Aparte de muerto, claro. —Largó una carcajada festejando su mal chiste. Era evidente que estaba borracho.

El ayudante del forense hizo un silencio. No entendía qué quería saber Juánez, pero lo intuyó de alguna manera.

—Eh... bueno... No fue difícil moverla... —comenzó a responder, hasta que Juánez lo interrumpió.

—¿Estaba dura? ¿Rígida?

—No —contestó con alivio el muchacho—, en absoluto. La rigidez fue desapareciendo durante la autopsia. Recién ahora está arrancando con el proceso de putrefacción, pero ya la metí en la heladera.

El vaso de whisky estaba a medio terminar, lo apoyó en la mesita, junto al teléfono. Con una mano se apoyó en la pared. El mareo era cada vez más intenso, pero tenía que seguir.

—Cris, según lo que viste cuando guardabas el cuerpo, ¿cuánto tiempo de muerta creés que lleva?

El silencio se hizo eterno. El muchacho tenía la respuesta, pero sabía que iba a contradecir a su jefe, el forense Aguada. Luego de un corto debate interno, contestó:

—Entre treinta y tres y treinta y seis horas —contestó con certeza.

—¿Cómo?

—Sí, Juánez. A Gloriana Márquez la mataron hace treinta y seis horas, o un poco menos, treinta y tres. Antes imposible.

El investigador sonrió.

—Los muertos son los únicos seres humanos que no mienten, pibe —dijo con su escepticismo habitual, y cortó la comunicación sin despedirse.

Tomó el último trago del segundo vaso de Macallan de la noche. Tambaleando logró llegar hasta la cama, y se tiró boca arriba. Antes de cerrar los ojos pensó: «Gracias, Gloriana, descansá en paz. Buena chica».

29

El rayo de sol que se colaba por la ventana lo despertó como si lo hubieran cacheteado. Se le partía la cabeza. El Macallan le estaba pasando factura. Se levantó y, como un autómata, fue al baño y abrió la ducha. Se metió debajo del agua fría, necesitaba despejarse lo antes posible.

En menos de media hora estaba listo para salir. Pantalones de lino color marrón, camisa blanca y unos zapatos cómodos y bastante usados. Dedicó unos preciados minutos en moler unos granos de café, calentar agua y tostar dos rodajas de un pan integral con semillas de lino. Iba a ser un día largo.

El olor del café recién molido le aclaró las ideas que habían quedado ahogadas por el whisky de la noche anterior. La información que le había dado Cristian, el ayudante del forense, era clave. Aguada había calculado mal la hora del crimen y, según su cálculo erróneo, la única que estaba en el lugar del crimen, en el momento mismo del crimen y con la chica asesinada, era Minerva del Valle, la amiga. «Te tengo en mis manos, Aguada», pensó Juánez con satisfacción, mientras masticaba una tostada. Se sirvió una segunda taza de café, que tomó de pie, mirando la estupenda vista de Buenos Aires desde el ventanal de su living. De repente, se le apareció la imagen de Minerva, acostada en posición fetal en el catre de la celda de la comisaría de la mujer donde estaba detenida. Así la había dejado el día anterior, después de una visita rápida en la que había podido sacarle algunas palabras. También pensó en Gloriana, muerta, fría, en una heladera de la morgue judicial. Tan jóvenes, tan bellas, tan arrasadas.

Terminó su segunda taza de café, la dejó como estaba, sucia, en la pileta de la cocina. El desayuno solitario en el refugio de su departamento le había hecho bien. Estaba descansado y con la cabeza lista para recibir más información. No había tiempo. Tenía retazos del crimen, pero necesitaba un hilo fuerte para poder unirlos.

Tomó las llaves de su auto y el teléfono celular que había quedado tirado en el sillón. Muchos mensajes no leídos se habían acumulado. Cuatro eran de periodistas que necesitaban información de manera urgente; eso decían: «urgente». «Si tienen una urgencia, que llamen al 911», pensó mientras los borraba con una sonrisa irónica. Había uno del secretario del juez de garantías para ponerlo al tanto de la detención de Minerva. «Tarde escribiste, pibe. Siempre me entero antes de todo. A eso me dedico, amigo», pensó mientras borraba también ese mensaje. Tenía, además, seis llamadas perdidas y un mensaje de voz grabado, que le llamó la atención: «Habla Inés María Quesada. Lo hago responsable de todo lo que le ocurra a mi nieta». Juánez se quedó helado. El tono de voz de la abuela de Minerva era glaciar, duro, cortante. Iba a tener que hablar con ella, pero no estaba de ánimo aún para devolverle el llamado.

Siguió escuchando. Una voz de hombre activó una vez más sus alarmas. Era casi un susurro, tuvo que repetir el mensaje para entender las pocas palabras que se acumularon de golpe: «Señor Juánez, soy el doctor Matías Aguirre. Eh... bueno... Creo que tengo información sobre el crimen de la chica que sale en la televisión. No sé. Estoy en el celular del que lo estoy llamando, gracias».

Juánez guardó el número. Le interesó especialmente ese llamado. El tal Aguirre hablaba de un crimen del que se había enterado por televisión y ni siquiera sabía el nombre de la chica muerta, pero algo en su manera de hablar sorprendió al investigador. Miedo, eso es lo que notó. El tal doctor Aguirre tenía miedo.

Buscó su libretita negra de anotaciones y en la última página escribió: «Abuela loca y doctor miedo». Más tarde, tal vez, devolvería esos llamados. Tenía cosas importantes que hacer, no podía perder tiempo hablando por teléfono ni contener a todo el que se le cruzara en el camino.

30

Tardó menos de media hora en llegar al PH de la calle Zebruno, «la casa del crimen», como titulaban los diarios esa mañana. En la puerta estaba el policía de la comisaría de la zona, la única custodia que había ordenado el juez. Pura rutina.

—Hola, Juánez —saludó el agente. Le corrían gotas de sudor por la frente. El día prometía ser abrasador.

—Hola, necesito pasar. Tengo que mirar un par de cosas —Juánez no le estaba pidiendo permiso, nunca lo hacía.

El agente se corrió del paso mientras asentía con la cabeza. La puerta no estaba cerrada con llave. Una tira de papel pegada con cinta plástica era el único impedimento para pasar. Juánez la rasgó con la llave del auto y entró. El ambiente estaba caliente y viciado. Había olor a sangre. Los rayos de sol que entraban por la ventana del living desnudaban el polvo que había en la mesita ratona, en el jarrón chino, en los portarretratos. Todo se veía sucio y abandonado. Caminó hacia la cocina, una barra de cemento la separaba de la sala. Sobre la mesada, todavía se notaban los gotones de sangre que habían caído desde el piso de arriba. Estaban secos y ya no eran rojos, sino marrones.

Juánez sacó de uno de los bolsillos del pantalón un par de guantes de látex. Se los puso lentamente mientras pensaba: «Las heridas en el cuello de Gloriana pudieron haber sido hechas con un vidrio». Y enseguida recordó la pregunta que le había hecho Minerva del Valle al final del breve diálogo que habían sostenido: «¿Encontraron el objeto con el que la mataron?». No dijo «cuchillo», dijo «objeto». Había sido una pregunta totalmente inesperada, pero nada tonta.

Abrió las puertas del mueble que estaba debajo de la pileta de lavar los platos. Una bocanada de aire putrefacto lo hizo retroceder. El tacho con la basura, que nadie había sacado, seguía allí. Había que revisarlo. Metió sus manos enguantadas, buscando alguna superficie dura: una botella rota, tal vez una lata. No encontró nada importante. Sólo yerba usada, papeles de alfajores, cáscaras de huevo, un cartón vacío de leche descremada y restos de comida. Anudó la bolsa, cerró el tacho y lavó los guantes con el detergente que estaba al lado de la canilla de la bacha.

En los cajones de la cocina sólo quedaban cucharas y tenedores. Todos los cuchillos habían sido secuestrados por la policía científica. Los resultados habían dado negativo. Ninguno de los cuchillos que estaban en la casa había sido el arma del crimen.

Caminó lentamente por la sala. Nada le llamó la atención. Se paró frente a la escalera caracol de metal, respiró hondo y subió. Los escalones cedían ante cada pisada de

Juánez, el ruido era insoportable. Llegó al entrepiso. Era amplio, aunque el techo le resultaba demasiado bajo. Las chicas lo habían convertido en dormitorio. Dos camas, una mesa de luz en el medio, un placard empotrado en la pared, era la única decoración. En la cama en la que habían matado a la chica Márquez sólo estaba el colchón con los manchones de sangre seca a la altura de la cabeza. Las sábanas también estaban en poder de la científica. Los estudios preliminares de ADN sólo habían arrojado sangre de la víctima. Dato que no sorprendió a Juánez, era obvio que el asesino no había sido lastimado. La chica dormía cuando fue atacada. Ni la dignidad de pelear por su vida le permitieron a la pobre. Pero quedaba pendiente de identificación el perfil genético de un hombre. En una de las sábanas se habían encontrado restos de semen. Podía ser del asesino, pero también podían ser restos de una noche de sexo anterior al crimen.

La cama de Minerva estaba desarmada. Así dijo ella haberla dejado cuando se fue a trabajar, la última vez que vio a Gloriana. «La dejé durmiendo en la cama de al lado», eso había declarado.

Juánez caminó en puntas de pie hacia la mesita de luz. Quería pisar lo menos posible la escena del crimen. Abrió el cajón, no necesitó hacer fuerza para sacarlo: estaba lleno y desordenado. Se sentó en la cama de Gloriana y empezó a sacar una por una las cosas que allí estaban guardadas. Dos cajas de preservativos, un paquete de chicles de menta, dos collares de piedritas de colores, una pulsera dorada, un librito de autoayuda, recortes de revistas con recetas de cocina, comprobantes de pago de tarjetas de crédito, dos esmaltes de uñas de color verde, un lápiz de labios al que le faltaba la tapa, una cajita de pana violeta, una estampita arrugada de la Virgen de Luján, varias gomitas para el pelo y una billetera de plástico rosa con brillitos. Juánez acomodó prolijamente todas las cosas sobre la cama y las miró detenidamente. Dos elementos le llamaron la atención. Abrió la cajita de pana. Estaba vacía. Esperaba encontrar algún anillo, algo preciado, pero no tenía nada. Sin saber muy bien por qué, le sacó una foto con el celular, la cerró y la puso en el cajón. Luego se concentró en la billetera. También estaba vacía. Minerva le había dicho que en ese cajón tenían guardados dos mil dólares. No estaban. No había ni un centavo.

Se quedó sentado unos minutos en la cama, en esa cama en la que la muerte había retozado hace unas horas con Gloriana Márquez. El calor era insoportable, a Juánez la camisa se le había pegado al cuerpo. Se secó el sudor de la frente con el dorso de la mano y corrió la cama que trababa la ventana que daba a un balcón muy pequeño.

La noche del hallazgo del cadáver había llovido. Juánez había iluminado con su linterna el piso de cemento del balcón, no había visto pisadas. Pero ahora que el sol impiadoso había secado el agua y había dejado una fina capa de polvo, pudo identificar claramente unas marcas de arrastre. Dos líneas paralelas habían quedado dibujadas en el piso como un tatuaje. Dentro de Juánez sonó una alarma. Cerró los ojos intentando recrear lo que pudo haber pasado en ese pequeño espacio al aire libre. Los abrió de golpe y clavó la mirada en las marcas.

Bajó corriendo las escaleras ruidosas. Llegó a la planta baja y miró a su alrededor. En el medio del living el piso de cerámica se veía tan sucio como el del balcón. «Bien, muy bien, este piso va a servir. Veamos», pensó mientras se arrodillaba. Si alguien hubiera entrado se habría sorprendido. La escena era extraña: una sala sucia y el mejor investigador de la policía, de rodillas en el suelo, como si estuviera en una iglesia. Pero nadie entró y, lejos de estar rezando, Juánez acababa de iluminar con una simpleza demoledora uno de los tramos más oscuros de la noche del crimen.

Se levantó lentamente, las rodillas le crujieron. «Tengo que volver al gimnasio», pensó mientras observaba con atención las marcas que habían dejado sus pantorrillas en el piso. Eran iguales a las marcas que había en el balcón. Alguien había estado arrodillado mirando por la ventana, agazapado, espiando a Gloriana y a Minerva.

Subió corriendo la escalera, otra vez el crujido del metal le hizo apretar los dientes. Estaba empapado. El calor era insoportable. Las sienes le latían, pero no importaba. La cabeza de Juánez estaba en otra cosa. Los detalles cobraban sentido y su teoría sobre la muerte de la Márquez empezaba a ser develada por la escena del crimen.

Volvió a concentrarse en el balconcito: las marcas seguían allí, detrás del vidrio, una posición de privilegio para espiar a las chicas. «¿Pero cómo llegó hasta acá?», se preguntaba Juánez mientras se asomaba por el balcón. Nunca le duraban demasiado las preguntas, le ardían en el pecho.

La baranda del balcón parecía hecha por algún enemigo del buen gusto y la seguridad edilicia. Era apenas una franja de cemento alisado de un metro de alto. Juánez se acercó. Hacia adelante se veía la calle Zebruno. El costado izquierdo quedaba encerrado por la medianera del edificio vecino. El costado derecho fue el que le llamó la atención: lindaba con una casa de dos plantas. Desde el balconcito de las chicas se podía acceder a la terraza de la casa vecina con sólo pasar la pierna hacia el otro lado.

Hacer la maniobra le llevó a Juánez unos segundos y una puntada en la rodilla. La terraza era amplia y muy bien arreglada. Reposeras de madera con almohadones celestes, una mesa ratona de metal y vidrio y unos canteros marrones llenos de flores la convertían en un lugar agradable. Caminó lentamente mirando el piso, estaba impecable, se lo veía recién baldeado y lustrado, las lajas color crema brillaban. Recorrió con la mirada uno a uno los canteros. Los jazmines, azaleas y alegrías del hogar rebozaban de flores. «Acá no hay una mierda», pensó Juánez mientras levantaba la rodilla para pasar otra vez al balconcito de las chicas. Pero de repente lo vio: un pedazo de género rojo estaba atorado en un pequeño descanso entre el balcón y la terraza. Bajó la pierna y estiró el brazo para llegar. Apenas lo pudo tocar con la punta de los dedos, entonces se estiró un poco más. «Acá estás», murmuró con el último aliento que le quedaba mientras apretaba con fuerza el hallazgo encerrado en el puño.

Al mismo tiempo que abrió la mano, Juánez abrió la boca. Estaba realmente sorprendido. No era un pedazo de género. Era mucho más que eso. Con la mano que le quedaba libre, sacó de su bolsillo su celular y marcó un número de manera automática.

—Ordóñez, buscame toda la data de la casa que linda con el PH de la piba asesinada —ordenó.

—Sí, jefe —contestó rápidamente el cabo—. ¿Hay algo nuevo?

Juánez hizo silencio, decidió ser cauto.

—Nada, averiguá y llamame.

Una bombacha. Una bombacha roja. En esa pieza de delicado encaje se escondía, tal vez, el secreto más brutal.

31

Juánez salía del PH en el que habían matado a Gloriana Márquez cuando recordó que en la libretita negra de anotaciones habían quedado registrados un par de asuntos pendientes. El calor extremo le impedía pensar con claridad. Se metió en el auto y puso al máximo el aire acondicionado. Se recostó en el asiento del conductor y esperó a que el aire helado le refrescara el cuerpo y las ideas. Puso el auto en marcha mientras pensaba cuál era el camino más corto para ir hasta el barrio de Belgrano.

Tardó menos de media hora en llegar a la casona de la abuela de Minerva del Valle. Era realmente fabulosa, un palacete de arquitectura francesa que parecía no dar cuenta del paso del tiempo. Inés María Quesada no le dio tiempo ni a bajarse del auto. Estaba parada en el portón, vestida con un vestido negro, impecable, y sin una gota de maquillaje. Se la notaba furiosa. Juánez se acercó en silencio y le tendió la mano. Inés rechazó el saludo y lo miró de arriba abajo con desprecio.

—¿Puedo pasar? —preguntó el investigador, fingiendo una timidez que no tenía.

Inés no se dignó a contestar, y con un gesto despectivo dio media vuelta. Juánez la siguió hasta la sala, atravesando el palier fabuloso y fresco.

—Hágame el favor de sentarse —dijo la señora sin un atisbo de amabilidad, y agregó casi con grosería—: No pienso ofrecerle nada para tomar. A esta edad puedo omitir las buenas costumbres y seguir siendo una dama.

—No tengo dudas —contestó Juánez mientras se sentaba.

Inés se ubicó frente a él, en un sillón de pana verde que combinaba de manera increíble con sus ojos. «Parece una reina sin corona», pensó Juánez mientras decidía comenzar la charla por donde se hace habitualmente, por el principio.

—Señora Quesada, recibí su mensaje y por eso estoy aquí. La escucho.

La mujer lo perforó con la mirada, y cruzó las piernas lentamente, con una elegancia demoledora.

—La que quiere escucharlo soy yo —dijo levantando apenas la voz—. ¿Le queda claro, policía?

El poder de juego dialéctico de Inés era artero. No le dijo «Juánez», no le dijo «jefe». Le dijo «policía», con un desprecio de clase que podía intimidar a cualquiera. Pero Francisco Juánez no era cualquiera.

—Su nieta Minerva está sospechada de matar a su amiga Gloriana. Su adorada Minerva, abuela Inés, es una rea común y corriente. —Juánez notó que la mujer se movía con inquietud en el sillón. —El fiscal y el juez están convencidos, para ellos su nieta es una asesina. ¿Entiende, abuela? —dijo Juánez con firmeza y un dejo de crueldad, aunque pensaba que la muchacha era inocente. La señora le había picado el orgullo.

Inés dejó pasar el tono irónico con el que Juánez pronunció la palabra *abuela* y disparó.

—El fiscal me importa muy poco. Conozco a la familia Roger de toda la vida. ¿Cuánto sale el juez?

El investigador se quedó con la boca abierta. Ni el abogado más corrupto, ni el delincuente más atroz, habían sido nunca tan fríos y descarados.

—Inés, lo que está diciendo es un disparate.

—Disparate es que mi nieta esté presa. —Miró por un segundo el piso y siguió hablando: —Cuando yo era muy jovencita, mi padre pagó por mí. Dijo que lo había hecho por mi felicidad. Aprendí, con dolor, que todos los hombres tienen su precio. Y resulta que ahora la que tiene el dinero, mucho dinero, soy yo. ¿Cuánto me sale ese juez?

Juánez ardía de curiosidad por saber la historia que había empezado a deshojar la mujer, pero no tenía tiempo para cuestiones del pasado. Su prioridad era otra.

—A ver, Inés, no es necesario llegar a tanto. Creo que vamos a poder demostrar que Minerva es inocente…

—Me gusta ese «vamos», policía —lo interrumpió la abuela con una sonrisa, y luego largó una carcajada—. Es usted muy inteligente, sabe elegir en qué equipo estar.

—*Touché* —dijo Juánez, devolviendo la sonrisa—. Si vamos a estar en el mismo equipo, entonces quiero la verdad —le propuso seguro, y al instante dejó de sonreír—. ¿Hay algo que Minerva no me haya contado?

En silencio, Inés sirvió agua fresca en dos copas de cristal que estaban sobre la mesita ratona y, con un gesto ampuloso, invitó a Juánez. El investigador aceptó.

—Ahora que somos del mismo equipo —dijo con coquetería—, no voy a dejar que se deshidrate, policía.

—Inés, ¿hay algo que Minerva no me haya contado? —insistió él.

—La Márquez merecía morir.

Juánez se atoró con el agua.

—Sí, sí, policía, no me mire con esa cara. Esa chica Márquez era un diablo. —Inés no nombraba a Gloriana Márquez, escupía el nombre. —Era ordinaria, presumida y perversa. Ésa es la palabra: *perversa*.

—¿Perversa?

—Sí. Una nueva rica que disfrutaba humillando a mi nieta. Muchas veces quise intervenir, pero Minerva no me dejó —confesó y luego hizo un breve silencio—. Mi nieta adoraba a la Márquez.

—Inés, esto que me cuenta complica la situación de Minerva —dijo mientras le clavaba la mirada—, y la suya.

Inés María Quesada se enderezó, y volvió a apelar a sus gestos monárquicos.

—Mire, policía, mi nieta no mató a Minerva —dijo, y su tono de voz se hizo más grave—. Y le puedo jurar sobre la tumba de mi hermana que lamento que alguien haya matado a la Márquez. Me hubiera gustado hacerlo con mis propias manos. El asesino se me adelantó.

Juánez prefirió guardar silencio ante semejante confesión. Se fue de la casona de Belgrano en silencio y con una única certeza: Inés María Quesada y él ya no eran del mismo equipo.

32

Tenía hambre. Después del encuentro con Inés María Quesada, Juánez fue hasta su oficina, se duchó en el baño que le habían construido cuando lo nombraron en el cargo, se puso el mismo pantalón y una camisa limpia. Abrió uno de sus cajones y sacó varios folletos de restaurantes vegetarianos de la zona. Estudiaba los menúes con atención cuando su celular vibró sobre su escritorio. Una llamada perdida. «Seguro que sonó mientras me bañaba», pensó.

La persona que había llamado no dejó mensaje, pero Juánez supo de inmediato de quién era el teléfono que quedó registrado. Otra vez ese doctor Aguirre estaba intentando comunicarse con él. Juánez tomó dos decisiones al mismo tiempo: devolverle el llamado y pedir una tortilla de zapallitos. Arrancó con la primera.

—¿Doctor Aguirre? —preguntó mientras evaluaba sumarle a la tortilla unos pancitos de queso.

—Sí, soy yo. ¿Quién habla?

—Francisco Juánez, jefe de Investigaciones criminales —dijo de manera automática, y sumó al pedido una ensalada de frutas—. Estoy respondiendo a un llamado suyo, bueno, a dos.

Del otro lado de la línea le contestaron casi en un susurro.

—Juánez, necesito verlo... Es urgente. —Aguirre temblaba, casi arrepentido de estar hablando. —¿Puede ser... ahora?

No le podía decir que no y decidió matar dos pájaros de un tiro.

—Bueno. ¿Le parece bien que nos encontremos en media hora en el restaurante «Verde y sano»? —Juánez no iba a resignar su tortilla.

—¿El vegetariano? Sí, ya sé cuál es. —Hizo un breve silencio, y siguió hablando más confiado: —Nos vemos allí en media hora. Lo voy a reconocer, lo vi varias veces en la tele.

—Muy bien, allí nos vemos.

Juánez cortó la comunicación con una sonrisa incómoda. Se sentía extraño al saber que era un poco famoso.

33

Manejó hasta el local de comida vegana, era su favorito. Se sentó a la mesa de siempre, la del fondo, la que queda lejos de la ventana. Eso lo había aprendido de los hampones con los que había tratado durante toda su vida. «Nunca te ubiques cerca de puertas o ventanales de vidrio. Si te balean desde afuera, sos boleta», solían aconsejarse entre ellos, y Juánez seguía a rajatabla las estrategias de los sobrevivientes. Llegar primero a las citas también era una recomendación de rufianes, y eso había hecho; en definitiva, no sabía quién era el tal doctor Aguirre y no tenía ganas de llevarse ninguna sorpresa.

Mientras tomaba un jugo de pomelo con jengibre y menta, miraba atentamente a cada uno de los hombres que entraban al local. Ninguno le llamó la atención. Miró su reloj con desgano, Aguirre llevaba diez minutos de retraso. Juánez pidió su tortilla.

Había empezado a saborear los zapallitos salteados cuando lo vio. Del otro lado del ventanal estaba parado el doctor Matías Aguirre. No lo conocía personalmente, pero no tuvo la menor duda: ese tipo rubio y alto era el hombre que estaba esperando. Tenía las manos en los bolsillos del pantalón, se le notaba la incertidumbre. No sabía si entrar o no. Del otro lado, Juánez lo miraba atentamente. No iría a buscarlo, pero tampoco lo iba a dejar ir. De repente, Aguirre se decidió y entró. Paseó la mirada por las mesas, entonces Juánez levantó la mano. Aguirre hizo una mueca que quiso ser una sonrisa de compromiso y caminó hacia la mesa que había elegido el investigador.

—¿Aguirre? —preguntó Juánez intuyendo la respuesta, y el hombre, efectivamente, asintió con la cabeza—. Siéntese, doctor. Lo estaba esperando.

Aguirre se sentó. Se lo notaba nervioso.

—Doctor Aguirre —dijo Juánez—, si no le molesta, voy a seguir almorzando mientras lo escucho.

—Sí, sí, adelante… Eh… —Estaba pálido y arrepentido de estar frente al policía, pero ya era tarde y lo sabía. —Bueno, Juánez, creo que tengo información que le puede ser de utilidad.

Juánez siguió comiendo.

—Por favor —dijo mirando el reloj—, no tengo mucho tiempo, Aguirre. Lo escucho.

El médico tomó aire y arrancó.

—Soy psiquiatra. Trabajo desde hace años en la Clínica Los Tilos.

—¿El loquero? —lo interrumpió Juánez.

—Bueno, no —contestó Aguirre, incómodo—. Es una clínica neuropsiquiátrica.

—Perdón, siga, siga…

—Tengo internado a un paciente muy joven, está con un brote psicótico. Lo trajo su padre el viernes en la madrugada. El chico estaba fuera de control, tuvimos que medicarlo más que de costumbre…

—Ah, ¿ya había estado internado en otras oportunidades?

—Sí, muchísimas veces. Va y viene —dijo Aguirre, hizo un silencio corto, y siguió—: Pero esta vez el chico me asusta. No lo voy a abrumar con diagnósticos psiquiátricos, pero creo que sus delirios tienen que ver con el asesinato de la chica de la calle Zebruno.

Juánez dejó el tenedor en el plato. Por primera vez empezaba a prestarle a atención.

—¿Por qué piensa eso?

—Bueno… Mauro grita y recrea la escena de un crimen.

—¿Mauro?

—Sí, el chico se llama Mauro Solari.

Las alarmas de Juánez empezaron a sonar, esta vez aturdían. «Solari, Solari. ¿Por qué mierda me suena ese apellido?», pensó.

—Siga, por favor —lo alentó Juánez—. ¿Qué es eso del crimen?

—Mi paciente finge asesinar a alguien —dijo el doctor, y luego dudó, porque sintió que por primera vez traicionaba a Mauro—. Imita una voz de mujer, grita: «No me mates, no me mates». Es desgarrador, Juánez.

Mientras el investigador lo escuchaba, sus alarmas seguían sonando. Solari, Solari, ese apellido lo perturbaba. El médico tenía buena voluntad y se lo veía preocupado, pero los brotes de un loquito no eran algo que a Juánez le interesaran en ese momento. Decidió enfriar un poco el tema, todavía le faltaba comer el postre.

—¿Y por qué lo internan seguido al chico?

—Mauro es psicótico. Con ayuda de medicación, tiene temporadas buenas, pero cada vez está más violento. —Frustrado, el médico miraba la mesa mientras jugaba con su anillo de bodas. —Hace un tiempo empezó con comportamientos sexuales inadecuados. Lo denunciaron por desnudarse en la puerta de un colegio de chicas y por masturbarse mirando mujeres por ventanas ajenas. Típicas conductas exhibicionistas y voyeuristas. Son patologías sexuales, usted entiende.

A Juánez se le fueron de golpe las ganas de comer la ensalada de frutas, la historia del loco estaba empezando a interesarle y sus alarmas no paraban de sonar. Prefirió no demostrar ansiedad ante el psiquiatra, no quería amedrentarlo.

—¿Y ahora dónde está el chico?

—Internado en Los Tilos, muy medicado.

—Doctor Aguirre, voy a ser claro —dijo Juánez con la intención de presionarlo—. No tengo mucho tiempo para perder. ¿Por qué cree que la historia de su paciente tiene que ver con mi muerta?

Cuando estaba por contestar, el teléfono de Juánez empezó a sonar. El investigador le hizo un gesto con la mano para que esperara y atendió la llamada. Era el cabo Ordóñez.

—Ordóñez, estoy en reunión. Decime rápido para qué me estás llamando.

Matías Aguirre era psiquiatra, los nervios que le provocaba estar sentado frente a frente con el investigador de un crimen, sin tener mucho para decir, no le impedían hacer de oficio una lectura de Francisco Juánez, al que tantas veces había visto por televisión. Había notado un gran autocontrol durante la charla, pero ahora, mientras hablaba por teléfono, veía cómo los músculos de la cara se le contraían, los ojos le chispeaban y la mano derecha presionaba el teléfono celular. «Le están diciendo algo importante, algo que lo moviliza», pensó el psiquiatra. Salir del rol de declarante y meterse, por un segundo, en el de médico, lo tranquilizó bastante.

Juánez cortó la comunicación, apoyó lentamente el teléfono sobre la mesa y le clavó la mirada.

—Me debe una respuesta, doctor, lo escucho.

—Sí, claro. Lo llamé porque este paciente que durante horas estuvo haciendo la recreación de un crimen vive en la misma cuadra de la chica que fue asesinada...

—En la misma cuadra no, doctor —lo interrumpió nuevamente Juánez, y tomó aire—. Su paciente, Mauro Solari, vive en la casa lindante con la del crimen —aseguró, y el tono de su voz se llenó de ira—. El muy hijo de puta de su paciente, doctor, se metió por el balcón y mató a una piba indefensa, la acuchilló sin darle tiempo a nada...

—Juánez, por el amor de Dios. Mauro Solari es un enfermo, no sabe lo que hace —dijo casi suplicando Aguirre, que de golpe sintió náuseas y una necesidad imperiosa de proteger a su paciente, pero la mirada del investigador lo hizo callar de golpe.

—El hijo de puta de Solari será inimputable, pero usted no lo es. —El médico se puso blanco, y Juánez se acercó lo máximo que la mesa se lo permitía. —Usted le firmaba el alta a un degenerado que no controla sus actos, usted fue piadoso con él, usted me acaba de decir que cada vez lo notaba más violento...

—No le permito, Juánez —dijo el médico levantando el tono de voz—. Nunca pensé que Mauro podía llegar a semejante extremo. De hecho, en cuanto supuse que podía tener algo que ver con el crimen, lo llamé a usted…

—Mentira, doctor Matías Aguirre. Usted se comunicó conmigo por culpa. Usted fue el que puso a esa bestia frente a una piba indefensa —mientras hablaba, Juánez sacó cien pesos de su billetera y los arrojó en la mesa, sin quitarle los ojos de encima al médico—. Usted es un hijo de puta y, además, es un cagón.

El investigador se levantó y cerró la puerta del restaurante de un portazo. El doctor Matías Aguirre se quedó clavado en la silla. Todos los preceptos éticos de su profesión se le vinieron a la cabeza. Los ojos se le llenaron de lágrimas. «Soy un cagón», pensó antes de darle rienda suelta a lo único que se le ocurría hacer: llorar.

34

Juánez manejaba su auto como un autómata. Puso un CD de música clásica y tomó el camino más largo, necesitaba pensar. Ordóñez había llamado, sin saberlo, en el momento justo, con el dato exacto. «La casa de la terraza es propiedad de la familia Solari», había dicho sin comprender demasiado la importancia de esa frase.

Solari. Ese apellido había quedado guardado en el fondo de la memoria de Juánez y había despertado todas sus alarmas en cuanto escuchó que el doctor Matías Aguirre lo pronunciaba. La madrugada en la que encontraron asesinada a Gloriana Márquez, la calle Zebruno había sido un caos de vecinos, de policías y de patrulleros, pero no fue el único suceso que acaparó la atención de todos. La radio con frecuencia policial que Juánez tenía instalada en su auto había emitido un alerta: En la central del 911 habían recibido un pedido de ayuda. Una familia reclamaba asistencia médica para un hombre que, según ellos, se había vuelto loco. Cuando la ambulancia requerida llegó, el médico a cargo se había acercado a Juánez para preguntarle si todo ese reguero de policías era para la familia Solari. Mientras subía a la autopista, el investigador recordó el diálogo.

—Jefe, tengo un código rojo para la familia Solari de la calle Zebruno 1835. ¿Es por acá? —le había preguntado el ambulanciero.

—No, esto es Zebruno 1833. Estamos con un homicidio. Lo suyo es en la puerta de al lado.

Esa pieza del rompecabezas que había quedado suelta en su memoria era medular. A Mauro Solari lo habían internado la madrugada en la que encontraron muerta a Gloriana, por lo que en el momento del crimen, a la hora del crimen, estaba libre.

Juánez siguió manejando una rato más. La cadencia del motor de su auto, el olor a limón del desinfectante, el frescor del aire acondicionado y la soledad, sobre todo la soledad, lo ayudaban a coser cada uno de los retazos de la historia. La historia de un crimen. Otra más.

«Tengo el archivo cansado», le había dicho hace años un viejo policía de mil batallas; en ese momento, la juventud y la inexperiencia le habían impedido a Juánez contradecirlo. Ahora que las mil batallas eran propias, entendía a ese viejo cabrón que había colgado los guantes, para muchos, antes de tiempo.

Estacionó su auto en la esquina de la casa de la familia Solari. Sacó su libretita negra de anotaciones, quería tenerla a mano para consultar datos. El llamado que tenía que hacer era fundamental. No podía errar ni una palabra. Tomó aire y ánimo. Casi sin pensar, marcó un número desde su celular. El fiscal Marcos Roger atendió con una voz ronca y adormilada.

—Roger, soy Juánez. Necesito una orden de allanamiento por el caso Márquez.

Del otro lado de la línea, el fiscal se mostró sorprendido.

—Juánez, ¿qué pasa? —le dijo—. Estás loco.

—No, loco está el que acuchilló a la piba Márquez. Y yo te puedo ayudar a que lo agarres y salgas en la televisión —aseguró el investigador, y agregó con tono irónico—: Vas a ser una estrella, Marquitos.

—Ya tengo entre rejas a la asesina de la piba Márquez y todavía no firmé ni un autógrafo, Juánez.

—Estás haciendo un papelón, Roger. —Juánez se estaba poniendo de mal humor. —Minerva no tiene nada que ver. Necesito que le pidas al juez que allanemos la casa del vecino.

Juánez no era de andar llamando porque sí. Había algo en su tono de voz que al fiscal le llamó la atención.

—¿Qué tenés, Juánez? —preguntó resignado—. Largá…

—Tengo una historia distinta de la tuya. Una historia en la que un vecino se mete por la ventana del departamento de dos chicas y mata a una de ellas…

—Pará, Juánez, la piba no está violada —interrumpió el fiscal.

—No hubo violación. El vecino es un psicótico con conductas sexuales inapropiadas. Las espiaba por la ventana —explicó mientras recordaba lo que había encontrado esa mañana en la medianera—. Entró en el PH, mató a la piba y tal vez se llevó algún recuerdo del crimen.

—¿Cómo probamos eso? —preguntó con lógica el fiscal.

—Tengo marcas en el piso del balcón, una medianera

endeble, falta plata de una mesita de luz —enumeró e imaginó al fiscal tomando nota, lo conocía demasiado—. Además tengo una autopsia que me indica que Minerva, *tu* asesina, estaba fuera de la escena a la hora del crimen, y un estudio incompleto de ADN.

—Eh… suena bien, Juánez —dijo Roger casi convencido, e hizo silencio mientras evaluaba la situación—. Pero son sólo indicios.

—Lo tengo claro. Necesito convertir esos indicios en pruebas, por eso tengo que allanar la casa del vecino. Sólo con ese allanamiento voy a poder pedirte algo más grande.

El fiscal Roger largó una carcajada.

—Yo sabía. ¡La puta que te parió, Juánez! —exclamó sin reír—. Esto era el principio, ¿qué cosa más grande vas a querer?

—Un pedido de detención para un paciente que ahora está internado en un loquero, un extracción de sangre para completar el ADN que tengo…

—¿De qué ADN me estás hablando? —gritó el fiscal—. No tengo nada de eso en el expediente.

Juánez suspiró.

—No, no lo tenés. En las sábanas secuestradas de la cama donde mataron a la piba hay restos de semen —explicó y, mientras hablaba, podía percibir la bronca del otro lado de la línea—. Necesito comparar ese patrón genético con el del vecino loco.

—¡Estás laburando en paralelo, carajo! —gritaba cada vez más—. ¡Me hacés quedar cómo un boludo!

—*Sos* un boludo, Roger —dijo Juánez sin levantar el tono de voz—. Metiste presa a la chica Minerva con cuatro datos pedorros que te tiró el inútil de Aguada. No me quedó otra que cortarme solo.

Juánez se quedó esperando la respuesta de Marcos Roger. Sentía la respiración agitada del fiscal mientras tomaba una decisión.

—Te voy a firmar el pedido de allanamiento —dijo ahora más tranquilo—, pero antes quiero saber si hay algo más que yo no estoy sabiendo. No quiero sorpresas, Juánez.

—Nada —mintió Juánez—, mandame un mensaje cuando tengas el gancho del juez.

Cortó la comunicación. No tenía pensado contarle la charla que había sostenido con el psiquiatra Matías Aguirre, ni tampoco su excursión a la terraza de los Solari. Lejos estaba de querer escuchar un sermón con el código de procedimientos judiciales. Después de todo, siempre se consideró «un brazo de la justicia», no el cerebro.

Los minutos parecían horas. Estaba sentado en su auto, en la esquina de la casa de los Solari, esperando que el fiscal y el juez autorizaran el allanamiento. No tenía plan B. La bala de plata, si es que existía, sólo podía estar guardada en la guarida del loco. Porque eso pensaba Juánez: frente a sus ojos, del otro lado de la ventanilla, estaba la guarida de un asesino.

La fachada se veía impecable. Tenía un portón de madera lustrada, ladrillos a la vista, rejas negras en un ventanal enorme que daba a la calle y un pequeño jardín delantero perfectamente cuidado. Se veía como la típica casa de una familia de clase media acomodada.

El sonido del teléfono celular lo sobresaltó.

—¡Bingo! —dijo Juánez en voz alta.

Un mail con la copia de la orden de allanamiento brillaba en la pantalla. Mandó un pedido de personal a la policía científica y siguió esperando.

«Bueno, Mauro Solari, las cartas están sobre la mesa», pensó sin sacar los ojos de la casa.

35

El camioncito de la Unidad Móvil Forense estacionó sin demasiado cuidado en la puerta de los Solari. Juánez bajó de su auto. El aire caliente de la calle fue como un cachetazo, pero no le importó. Un allanamiento para buscar pruebas le provocaba a Juánez una ansiedad similar a la que sentía al desnudar a una mujer hermosa. Había que hacerlo despacio, atentamente y sin perder detalle.

Con una sola mirada, les dejó claro a los tres miembros de la policía científica el orden con el que iban a entrar en la casa. Juánez iba a encabezar el operativo. La perito Manuela Pelari, a su derecha, lo iba a asistir. El resto, atrás.

Manuela siempre olía a violetas. Tal vez era el champú, tal vez un perfume. Era un placer estar a su lado, no sólo por su belleza; la agudeza de sus observaciones podían dar vuelta cualquier causa. Era una perla para la Científica.

Juánez tocó timbre y esperó con el corazón acelerado. Nada. Insistió. Cruzó una mirada fugaz con Manuela. Ella asintió con la cabeza, en silencio. La puerta se abrió de golpe, todos se sobresaltaron. Una mujer llena de ira se plantó como quien defiende una fortaleza.

—¿Qué quieren? —dijo alejada de toda cordialidad.

—Buenos días, soy Francisco Juánez, de Homicidios. Tengo una orden judicial para hacer un registro en esta propiedad —mientras se presentaba, sacaba su identificación de la billetera.

La mujer abrió grandes los ojos y miró a todos con desprecio. Estaba despeinada, el color rojizo del pelo destacaba la blancura de su piel. Un vestido de algodón floreado le marcaba la cintura y le daba un aspecto casi juvenil.

—Debe haber un error, a la chica la mataron en la casa de al lado. Buenas tardes —dijo muy firme, y con rapidez intentó cerrar la puerta. Juánez puso el pie para impedir el portazo.

—Le pido que nos deje pasar —dijo clavándole la mirada—. Hoy me dejé la paciencia en casa.

La mujer se resignó ante lo que claramente no podía controlar. Se corrió de la puerta y, con un gesto de mala gana, los dejó pasar. Sin que nadie se lo indicara, Manuela ocupó el rol perfecto.

—Mi nombre es Manuela, soy perito de la Policía Científica —dijo con una voz encantadora—. No tenga miedo, necesitamos su colaboración.

La mujer se relajó y esbozó una semisonrisa. Juánez evitó mirarlas. Manuela se había dado cuenta de quién era la dueña de casa: una leona que iba a defender su territorio. Sólo haciéndole creer que estaban de su lado, el allanamiento iba a ser exitoso.

—Manipuladora —le susurró Juánez al oído mientras avanzaban hacia el living. Manuela le sonrió con coquetería.

—Me llamo Nélida, no sé qué buscan —dijo desconcertada la mujer.

Juánez tomó la posta.

—¿Mauro Solari es su hijo?

A Nélida le empezó a temblar el labio inferior.

—Eh… sí, es mi hijo, pero Maurito no está…

—Ya lo sé —la interrumpió Juánez—. ¿Me indica dónde queda el cuarto del chico o lo busco por mi cuenta?

En silencio y con la cabeza gacha, Nélida subió las escaleras. Manuela y Juánez la siguieron.

La casa era grande y luminosa. Pisos de madera y paredes blaquísimas le daban un aspecto agradable. Cuando llegaron al primer piso, se sorprendieron. El cambio en la decoración era notorio. Las paredes estaban pintadas con aerosol. Un sol hecho con color azul, unas nubes en amarillo y unas flores rojas.

—Maurito es un artista, éste es su piso, su lugar —intentó explicar la mujer, a quien se la notaba nerviosa y avergonzada; luego, señalando una puerta, que también estaba dibujada, aclaró—: Ésta es la habitación de mi hijo.

Juánez abrió la puerta. Detrás de él entró Manuela. El olor a desodorante de ambientes era intenso, la ventana estaba cerrada.

—Nélida —preguntó Manuela con extrema dulzura—. ¿Podríamos prender el aire acondicionado?

—Sí, claro —contestó la mujer y encendió el aparato.

Juánez miró a la perito sólo un segundo, fue suficiente.

—Nélida —dijo con voz más dulce aún—. ¿Podría dejarnos solos un momento?

La mujer se pasó las manos por la cabeza, se despeinó todavía más, dio media vuelta y se fue.

—Al fin solos —dijo Juánez un poco en broma, un poco en serio.

—Al fin solos —lo desafió Manuela con una mirada capaz de derretir glaciares.

El investigador sonrió. Siempre quedaban cuentas pendientes con Manuela, pero no era el momento de pagar facturas románticas. Ambos tenían claro que había que empezar a revisar la habitación de Mauro Solari.

Manuela empezó por la cama, la deshizo. Sacudió las sábanas, las almohadas y palpó el colchón.

—Nada —dijo.

Juánez revisó los dos cajones de la mesita de luz de madera.

—Lápices de colores, papeles con dibujos similares a los de la pared del pasillo, monedas… Nada.

Manuela se había distraído mirando las fotos que estaban acomodadas sobre un escritorio viejo y bastante maltrecho. El parecido entre Mauro y su madre era impresionante y el deterioro físico del chico, evidente. Había pasado de ser un típico adolescente con músculos trabajados y sonrisa luminosa a un hombre flaco, con las mejillas hundidas y la mirada perdida.

Juánez se acercó lentamente, no quería interrumpir la atención que Manuela ponía en la observación de las fotos. Fue ella la que rompió el silencio.

—¿Creés que fue él quien mató a la piba? —preguntó.

—No tengo dudas. Pero de acá me tengo que llevar algo que justifique la extracción de sangre para cotejar el ADN —dijo—. Un indicio, una prueba…

—Mirá, Juánez, en todas las fotos en las que ya se lo ve enfermo hay algo que se repite —observó Manuela, invitándolo a concentrarse en esas imágenes.

Sin contestar, el investigador abrió de par en par el placard de la habitación. Un morral de lona verde. Eso buscaba. En todas las fotos, Mauro Solari lo apretaba contra su pecho, como si dentro de ese bolso hubiera un tesoro.

Juánez empezó a sacar una por una las prendas, y luego se las pasaba a Manuela para que revisara bolsillos y dobleces. Una pila de pantalones, remeras y buzos empezó a crecer sobre el piso. El placard quedó vacío. Del morral verde, ni noticias. Frustrados, se miraron largamente mientras pensaban cuál iba a ser el próximo paso.

—¿Salimos? —preguntó Manuela mirando la puerta ventana que daba a la terraza.

—Cuando quieras —contestó Juánez con su mejor sonrisa y su tono de galán.

Ella volvió a sonreír con coquetería, dio media vuelta y abrió el ventanal. Salieron a la terraza, la misma en la que Juánez había estado sin autorización esa mañana. El sol pegaba fuerte y el calor subía por la losa. Caminaron cada uno por su lado, mirando todo atentamente. Dieron vuelta reposeras, corrieron canteros de flores, y nada.

Manuela se ató el pelo en una cola con una cinta que tenía anudada en la muñeca. Las gotas de sudor caían por su espalda. Juánez la miró un poco con deseo, otro poco con dudas. No sabía si confesarle la visita al lugar. Claramente había sido fuera de la ley. Sin meditarlo demasiado, tomó una decisión.

—Manu, vení —la llamó, invitándola a que caminaran juntos hasta la medianera baja que conectaba la terraza con el balcón de las chicas—. Fijate con qué facilidad se puede pasar de un lado a otro.

Manuela apoyó sus manos en el cemento, subió la pierna derecha y con un mínimo envión pasó al otro lado. Desde el balconcito, miró a Juánez, sorprendida.

—Esto es una locura. ¿Quién puede vivir pudiendo ser vulnerado tan fácilmente? Es tremenda la falta de... —La perito se interrumpió de golpe, se quedó con la mirada clavada en el espacio que había entre el balcón y la terraza.

«Se dio cuenta», pensó Juánez. La estrategia había funcionado. Tenía que ser Manuela la que encontrara la bombacha roja que él había dejado en el lugar del hallazgo unas horas atrás.

—Juánez, ¿qué es esto? —preguntó en voz alta mientras estiraba el brazo y agarraba lo que parecía un simple pedazo de género—. Una bombacha —murmuró.

Manuela intentó repetir la maniobra para volver a la terraza pero, en el apuro, el pie le quedó trabado en la canaleta que separaba las medianeras.

—Manu, dame la mano —le dijo Juánez, intentando ayudarla—. No gires el pie, lo único que me falta es que te quiebres.

La chica le hizo caso a medias, y tiró con violencia su pie hacia arriba, para liberarlo.

—¡Mierda! —gritaron ambos.

El movimiento de la chica había abierto un hueco. Se dieron cuenta de que no era de cemento. El espacio estaba hecho con una madera pintada. Se veía bastante frágil y podrida.

Con un salto ágil, Manuela pasó del lado de Juánez. Ninguno de los dos dejaba de mirar el tesoro que acababan de encontrar por accidente. Se agacharon intentando distinguir qué era lo que había adentro. Juánez rompió el resto del listón de madera. La luz del sol iluminó el interior. El morral verde con el que Mauro Solari aparecía en todas las fotos estaba allí, al descubierto.

36

Los peritos de la policía científica sacaban fotos de la terraza, de la medianera, del balcón de las chicas y del morral verde que seguía en el hueco. Había que registrar y dejar constancia de cada uno de los hallazgos. No fuera cosa que la habilidad del futuro abogado defensor de Mauro Solari pudiera voltear alguna prueba.

Con las manos en la cintura, Manuela seguía en silencio cada una de las medidas de resguardo. Estaba sumamente acalorada y le dolía un poco el tobillo, pero su ansiedad por abrir el morral superaba cualquier incomodidad física. Juánez lo percibió con sólo mirarla.

—¿Lo abrimos? —preguntó.

Como toda respuesta, la chica se abalanzó sobre el hueco. Parecía una nena buscando los regalos de Papá Noel. Juánez sonrió.

Con cuidado, Manuela sacó el morral de su escondite. Estaba húmedo y olía a podrido. La lluvia que había caído la noche del crimen se había colado por el agujero, el agua estaba estancada. Lo apoyó en la cerámica de la terraza, se sentó en el piso con las piernas cruzadas y lo abrió.

Dentro, y también húmedas, había cuatro bombachas y un corpiño. La perito acomodó la ropa interior lentamente sobre las baldosas. Miró a Juánez, que estaba sentado a su lado.

—Se las robó a las chicas —sentenció Manuela.

—Sí, pasaba por la medianera y las espiaba por la ventana. Obviamente en varias oportunidades se coló en el PH...

—¿La ventana de las chicas no tiene traba o rejas? —lo interrumpió Manuela.

—Nada, sólo la sostiene una cama del lado de adentro. Con sólo empujar pudo haber entrado tranquilamente. Es indudable que Mauro Solari lo hizo, y se fue llevando de a poco varios elementos fetiches —conjeturó Juánez con tono triunfal, y señaló con la cabeza las bombachas que Manuela había acomodado en el piso—. Las fue atesorando en el morral...

—Y buscó un escondite para sus tesoros debajo de la madera de la medianera —completó Manuela—. ¿Y la bombacha roja que estaba fuera del morral?

—Evidentemente no tuvo tiempo de guardarla. Tal vez esa bombacha fue la última que robó o tal vez...

—Tal vez se la llevó después de matar a la chica Márquez —completó la frase Manuela y respiró profundo, luego miró nuevamente la ropa interior y agregó—: Estaba huyendo. En el escape perdió el recuerdo que se había llevado de la escena del crimen.

Juánez asintió con la cabeza. No había mucho más para decir. La mecánica del crimen parecía clara. Un chico desequilibrado, que durante horas se agazapaba para espiar a las bellas vecinas. Sus fantasías sexuales le pedían cada vez más. Logró entrar en varias oportunidades, cuando las chicas no estaban, y les robaba ropa interior para estimularse. Un día no aguantó, mirar dejó de ser suficiente y pasó al acto. Quiso tocar, ver y oler todo lo que siempre imaginó. Pero para que eso ocurriera tuvo que matar.

Mientras Manuela guardaba una a una las prendas íntimas encontradas en las distintas bolsas de nailon transparentes —las que usa la Científica para preservar las pruebas—, Juánez sacudió el morral verde. De repente algo cayó al piso de la terraza. El ruido hizo que Manuela dejara lo que estaba haciendo. Un pedazo de vidrio verde brillaba bajo el sol.

—¿Podría ser lo que yo creo que es? —preguntó espantada.

Juánez no contestó. Con la mano enguantada, levantó el pedazo de vidrio y lo registró con atención.

—Mirá, Manu —dijo aproximando el vidrio a los ojos de la perito.

—Mierda... —susurró la chica.

La parte cortante de la pieza estaba manchada, opaca. Ninguno de los dos necesitaba un análisis de laboratorio para saber lo que tenían frente a sus ojos.

—Sangre, Juánez. El vidrio está manchado con sangre seca.

—Es el arma homicida, nena —dijo Juánez, y le clavó la mirada—. Tenemos todo.

37

Salió de la fiscalía del doctor Marcos Roger con la orden de detención firmada. Mauro Solari había sido acusado formalmente del homicidio de Gloriana Márquez. Era una formalidad. En primer lugar, porque Mauro Solari estaba internado; su prisión preventiva era un tecnicismo necesario. Y, en segundo lugar, porque la pelea judicial para determinar si era o no inimputable prometía ser larguísima. Pero para Francisco Juánez la orden de detención que tenía en sus manos era mucho más que un papel. Era la comprobación del trabajo bien hecho, el triunfo de la investigación policial por sobre la burocracia de los facilistas del sistema.

El fiscal Roger no había puesto demasiadas trabas. Cuando Juánez y la perito Manuela Pelari se plantaron frente a su escritorio para informarle lo encontrado en el allanamiento en lo de los Solari, tomó el teléfono, cruzó unas palabras con el juez de Garantías y, en menos de media hora, la decisión estuvo tomada: Mauro Solari entraba, Minerva del Valle salía.

La fachada de la Clínica los Tilos se parecía bastante a la de un hotel cinco estrellas. Mucho vidrio, mucho metal. Todo brillaba, todo era impoluto. El nombre del lugar estaba tallado en una placa de mármol blanco. En ningún lado decía que Los Tilos era un neuropsiquiátrico. La discreción era tan notoria como la vergüenza. A los locos se los seguía escondiendo, en una jaula dorada, pero escondidos al fin.

Juánez tocó timbre y esperó. A su lado, Manuela daba un último vistazo a su maletín. Ella iba a ser la perito encargada de sacarle sangre a Mauro Solari para cotejar su perfil genético con el hallado en las sábanas de la cama en la que Gloriana había sido asesinada.

La puerta se abrió automáticamente. El investigador y la perito entraron en silencio. El aire acondicionado estaba puesto al máximo, hacía frío. Caminaron por un pasillo largo e impecable. Hacia el fondo, asomaba un escritorio tan blanco como todo lo que había en Los Tilos. Una recepcionista vestida con un trajecito sastre de color azul los esperaba con una sonrisa de publicidad.

—¿Los puedo ayudar en algo? —preguntó.

—Soy Francisco Juánez, de Homicidios. La señorita es la perito Manuela Pelari. Venimos a ver al paciente Mauro Solari.

Antes de que la recepcionista pudiera contestar, el doctor Matías Aguirre apareció de repente por una puerta del costado.

—¿Cómo le va, Juánez? —lo saludó, sin que obtuviera ninguna respuesta por parte del investigador—. Ya estoy al tanto de la situación. Les pido que pasen a mi consultorio.

—No vengo a mi sesión de terapia. Queremos ver a Solari —respondió lacónico Juánez.

—Lo sé. Pero necesitaría tener unas palabras con ustedes.

La tensión se palpaba en el ambiente. Manuela fue la encargada de apaciguar los ánimos.

—Muy bien, doctor —dijo con su voz acaramelada—. Sólo unos minutos, no tenemos tiempo para perder.

Aguirre asintió con la cabeza, dio media vuelta y caminó hacia el fondo del pasillo. Juánez y Manuela lo siguieron en silencio.

El consultorio del psiquiatra era totalmente distinto del resto de la clínica. No era blanco, ni tenía estructuras de metal. Se veía cálido. Mucha madera, cuadros y tapices de colores. Una biblioteca copaba toda la pared principal; además de libros, en los estantes había portarretratos. En todas las fotos aparecía el doctor Aguirre.

—¿Quiénes son las personas que están con usted? —preguntó Manuela mientras repasaba cada una de las imágenes.

—Son mis pacientes, me gusta verlos a diario —contestó.

—¿Están internados? —insistió Manuela.

—No, sólo pongo las fotos con los pacientes a los que pude curar —afirmó con amargura—. En definitiva, a todos nos gusta mostrar los éxitos, ¿no?

Juánez lo interrumpió:

—El problema son sus fracasos, Aguirre.

—Juánez, por favor —rogó el psiquiatra—, no sea tan duro conmigo...

—Ojalá Gloriana Márquez hubiera tenido la posibilidad de pedir «que no fueran tan duros con ella» —dijo elevando el tono de voz—. Pero no pudo, porque un médico fracasado no le dio esa posibilidad.

Manuela decidió interceder.

—Señores, por favor —dijo—. Dejemos esta disputa para otro momento. ¿Qué necesitaba decirnos, Aguirre?

El médico la miró agradecido.

—Como ya saben, Mauro Solari es un psicótico grave. Está medicado y es peligroso para sí mismo y para terceros…

—Sí, sí, Gloriana ya lo tiene claro —ironizó Juánez.

Manuela le lanzó a su compañero una mirada de reproche. Aguirre prefirió dejar pasar la ironía y siguió:

—No está en condiciones de declarar, ya preparé un informe para la fiscalía —explicó y le entregó una carpeta a Juánez—. Pueden leer el diagnóstico. Mauro Solari es inimputable, no comprende la diferencia entre lo que está bien o mal.

Juánez empezó a leer con avidez las cuatro hojas del informe. Manuela siguió con la charla.

—Doctor, a nosotros nos interesa comprobar la autoría del hecho. Sabemos que su paciente mató a nuestra víctima. Le vamos a sacar sangre sólo para tener la comprobación científica de los registros de ADN —anunció, y le clavó la mirada—. Dependerá de usted si Mauro Solari se pudre en el agujero de una cárcel o en el agujero de un loquero…

Juánez tiró la carpeta sobre el escritorio.

—Gloriana se está pudriendo en el agujero de una tumba, Aguirre.

Los tres se quedaron unos minutos en silencio. El psiquiatra, con la cabeza gacha, mirando su escritorio. Otra vez fue Manuela la encargada de aliviar la tensión.

—¿Vamos a ver al paciente? —dijo, y Aguirre la miró aliviado.

Caminaron por los pasillos de la Clínica los Tilos. El silencio podía volver loco a cualquiera. Subieron a un ascensor. En el segundo piso estaban los pacientes, y se notaba. Se dirigieron directamente hacia una sala grande, repleta de mesas y sillas. Se parecía bastante a un restaurante. Muchos pacientes estaban charlando o jugando al dominó. Otros bailaban una especie de cumbia que sonaba desde una televisión colgado de un soporte en la pared.

—Todos éstos son pacientes ambulatorios —explicó Aguirre.

—¿Están todos locos? —preguntó Manuela.

—No, la locura es relativa y no es un diagnóstico. Aquí hay depresivos, personas con trastornos de ansiedad, adictos en recuperación...

—Y un asesino —interrumpió Juánez, que no perdía oportunidad de reprocharle al psiquiatra lo que él consideraba una mala praxis atroz.

Aguirre hizo caso omiso al comentario del investigador, y les siguió mostrando las instalaciones de Los Tilos, como si se tratara de una visita guiada a un museo.

—La mayoría de nuestros pacientes pasa el día en este lugar y por las noches se van a sus casas, sólo algunos son internos fijos. Mauro era ambulatorio, incluso estuvo meses sin venir... —Aguirre interrumpió su relato. Habían llegado a la habitación de Mauro Solari. El psiquiatra empujó la puerta.

—¿Está sin llave? —preguntó Manuela.

—Sí, no hay peligro de que se escape —explicó y les

señaló la cerradura—. Se abre desde afuera, es imposible hacerlo desde adentro. Son las que se usan en este tipo de lugares.

Juánez no le prestaba atención ni a Manuela ni a Aguirre. Se había quedado sorprendido con la imagen que tenía enfrente. La habitación del chico era austera: una cama de una plaza, una mesita de luz y una estantería de metal. Pero nada de eso le había llamado la atención al investigador.

—Mierda… —susurró Manuela.

Las paredes del cuarto estaban pintadas con aerosol. Las imágenes eran semejantes a los dibujos descontrolados que había en el pasillo de la casa de los Solari. Se repetían.

—Mauro se relaja pintando —explicó el psiquiatra—. Siempre lo hace en las paredes. Arma su espacio, se comunica de esa manera.

Manuela se acercó a uno de los murales, apoyó su mano en el dibujo casi con compasión. Buscó con la mirada a Juánez.

—¿Viste este dibujo?

—Sí —contestó el investigador—. Es un hijo de puta.

El dibujo de una de las paredes ponía la piel de gallina. Se veía a una chica morocha de pelo largo, desnuda, con su cuerpo pintado de rojo.

—Le faltan los ojos —murmuró Manuela.

La chica del mural tenía dos agujeros en lugar de ojos, dos cuencas vacías. Se habían quedado tan sorprendidos que ninguno de los dos había reparado en lo más importante: en la cama no había nadie. Mauro Solari no estaba en su habitación.

—¿Y Solari? —preguntó Juánez irritado.

—Está en el shock-room —contestó Aguirre—. Me tomé

el atrevimiento de traerlos hasta aquí para que vieran a quién tienen del otro lado. Mauro está realmente enfermo.

Juánez hizo un gesto rápido con la mano. No quería seguir escuchando al psiquiatra.

38

Al salir del cuarto del chico, caminaron apenas unos metros hasta la sala especial en la que lo tenían medicado. Aguirre empujó la puerta y la sostuvo para que Juánez y Manuela pudieran entrar.

El lugar era totalmente aséptico, una suerte de terapia intensiva. En el medio, había una cama enorme. Juánez se acercó lentamente sin dejar de mirarlo. Mauro Solari descansaba desnudo, sólo una sábana blanca lo tapaba hasta la cintura. Estaba sentado, apoyado en almohadones. Su piel era blanquísima, hasta se le notaban las venas.

—¿Está lúcido? —preguntó Manuela.

Mauro tenía la mirada perdida, parecía mirar todo y nada al mismo tiempo. Movía los labios como si estuviera cantando, pero de su boca no salía sonido alguno.

—Sí —contestó el psiquiatra—. Está lúcido, pero no se ubica en tiempo y espacio.

Manuela abrió su maletín, se puso los guantes de látex, y preparó la jeringa con la que le iba a sacar sangre a Mauro. Juánez se acercó a la cama e intentó hacer contacto visual con Mauro, pero no lo consiguió. El chico estaba en otro mundo. Era inabordable.

—Mauro —dijo Juánez—, ¿me escuchás?

Aguirre lo interrumpió.

—Mauro escucha, ve y percibe con sus sentidos, pero no conecta —explicó, luego se acercó al chico y con ternura le acarició la cabeza—. Nunca estuvo así.

Juánez siguió mirando al chico y volvió a intentarlo.

—¿La chica que dibujaste en la pared es Gloriana?

Mauro dejó de mover los labios y apretó los puños. Aguirre le puso una mano en el hombro para contenerlo. Juánez insistió.

—¿Dibujaste a Gloriana?

Mauro lo miró de golpe y, sin dudar, contestó.

—Pobrecita, es buena.

Su voz grave no contrastaba con ese cuerpo flaco y esa cara de nene.

—¿Por qué la mataste, Mauro?

—Pobrecita, pobrecita. —El chico agarró uno de los almohadones en los que estaba apoyado y empezó a acariciarlo obsesivamente.

Manuela miraba la escena con atención. Sentía arcadas de sólo pensar que, con esas manos, Mauro Solari había manoseado a una chica indefensa, incluso tal vez después de haberla degollado con un vidrio. No quería estar un segundo más tan cerca del chico.

—Juánez, necesito sacarle sangre para la pericia —dijo con evidente mal humor.

Juánez se dio cuenta de la incomodidad de la perito.

—Aguirre, hay que pincharlo. No quiero sorpresas —dijo.

El psiquiatra se hizo cargo de la situación.

—Señorita Pelari, acérquese. No hay peligro —aseguró—. Mauro está acostumbrado a los pinchazos.

El médico no mentía. Mauro Solari ni se inmutó cuando la perito le estiró el brazo para la extracción. Siguió acariciando el almohadón con la mano que le quedaba libre, como si nada estuviera pasando.

—Aguirre —dijo Juánez—, nosotros nos retiramos. Le recuerdo que su paciente está con una orden de prisión preventiva. En la puerta de la clínica hay un policía encargado de que nadie viole el arresto.

—Correcto —dijo el médico—. Los acompaño a la salida.

El psiquiatra abrió la puerta, y Juánez pasó primero. Manuela se demoró unos segundos cerrando el maletín. Cuando levantó la cabeza, no pudo evitar mirar a Mauro. Se le erizó la piel. El chico le estaba clavando la mirada, una sonrisa lasciva cruzaba su rostro.

—Nos vemos, Minerva —dijo con ese vozarrón que no parecía humano.

Juánez notó que Manuela temblaba. Le sacó el maletín de la mano y la empujó fuera de la sala. En silencio, salieron de la clínica Los Tilos.

En el auto de Juánez sonaba música clásica. Manuela apoyó la cabeza en el vidrio fresco de la ventanilla del acompañante y cerró los ojos. No había abierto la boca desde la salida de la clínica. Juánez manejaba y, de a ratos, miraba a su compañera. El encuentro con Mauro Solari había sido fuerte para ambos, pero mucho más para ella que, sin quererlo, había provocado su reacción sólo con su presencia femenina.

—Minerva del Valle está en peligro —sentenció sin abrir los ojos.

—Tal vez era a ella a quien buscaba —coincidió Juánez—. La noche del hallazgo del cuerpo conocí a Minerva, recuerdo haberle dicho que me iba a tener que demostrar que si ella no estaba muerta era sólo por casualidad.

Manuela abrió los ojos y se incorporó.

—Creo que estabas en lo cierto. Mauro Solari iba por Minerva. El azar la hizo estar fuera de la casa —dijo sin dudar, y lo miró frunciendo el entrecejo—. Juánez, Gloriana fue el efecto colateral de la fantasía de Solari.

—Te noto muy convencida. ¿Qué me perdí?

—El mural, Juánez.

El investigador apagó la música, dispuesto a prestarle atención al análisis de Manuela.

—Te escucho —dijo.

—La chica del mural que pintó Mauro Solari en su habitación de Los Tilos no es Gloriana Márquez. La chica sin ojos es Minerva del Valle.

—¿Por qué estás tan segura?

—La Márquez era rubia. La chica de la pared es morocha, como Minerva.

Juánez no respondió. Subió de nuevo la música. Manuela volvió a recostarse sobre el vidrio. En silencio, y cada uno con sus pensamientos, siguieron viaje.

39

Estaba sola en una salita, sentada en una silla de metal. Se sentía sucia y con un nudo en el estómago. El olor del ambiente le provocaba náuseas. Cada minuto que pasaba le parecían meses, siglos. En vano, buscaba de manera automática la hora en su muñeca, pero ni el reloj le habían dejado. No sabía si tenía bronca o ganas de llorar, o una mezcla de ambas cosas. Se levantó de golpe y empezó a mover las piernas. Primero una, después la otra. Apoyó la frente contra una de las paredes, respiró hondo, y largó el aire con un quejido. ¿Cuánto tiempo más iban a tenerla encerrada? ¿Cuánto tiempo había pasado desde que, sin decirle nada, la metieron en esta habitación de dos por dos? Pensó en la posibilidad de golpear y patear la puerta a los gritos. No fue necesario. Como si sus pensamientos hubieran sido escuchados por alguien, la puerta se abrió.

—Hola, Minerva.

Como por arte de magia, Minerva del Valle se transformó. Dejó de ser una chica desesperada, y se puso el disfraz de la soberbia, que tan bien le quedaba.

—Me quiero ir —dijo en un tono casi monárquico, como el que usaba su abuela.

—Como usted guste, mi reina —contestó Juánez con ironía.

Minerva hizo un gesto despectivo e insistió.

—¿Por qué me sacaron de la celda? No entiendo.

—Estás libre, podés volver a tu casa.

Por un segundo, Juánez creyó ver algo parecido a la emoción en los ojos verdes de la chica, pero no.

—Bue… Ya era hora de que se dieran cuenta del error que cometieron conmigo. Espero que se pongan a trabajar en serio y agarren al asesino de Gloriana.

Juánez metió las manos en los bolsillos de su pantalón, con un gesto de suficiencia.

—Ya lo agarramos —le adelantó. ¿Para qué ocultarlo si ya no tenía dudas?

Minerva se puso tensa. Las pupilas se le dilataron y el labio inferior le empezó a temblar.

—¿Eh? ¿A quién agarraron? —preguntó, de manera inexplicable, a media voz.

—¿Conocés a Mauro Solari?

De haberlo querido, la chica no hubiera podido abrir más los ojos.

—No —contestó con seguridad.

—Mauro Solari es tu vecino. El chico que vive en la casa que linda con el PH en el que vivías con Gloriana.

Minerva se quedó en silencio. Juánez siguió.

—Creemos que Solari entró por la ventana del cuarto y mató a Gloriana. En su casa encontramos un vidrio manchado con sangre. La pericia fue contundente: Esa sangre es de tu amiga —le contó Juánez, mientras Minerva lo miraba con atención—. Esperamos un perfil genético del ADN, pero con lo que tenemos hasta ahora estamos bien encaminados.

—No lo puedo creer —se sorprendió Minerva.

—¿Recordás si en el último tiempo a vos o a Gloriana les faltó ropa interior?

—¿Ropa interior? —preguntó, y se quedó pensando por unos segundos—. No, creo que no. ¿Por qué?

—En la casa de tu vecino encontramos una bolsa con ropa interior, suponemos que puede ser de ustedes. Pero no te preocupes, que ya te van a mostrar las prendas para un reconocimiento.

Minerva dejó de mostrarse interesada en la historia que le estaba contando Juánez.

—Me quiero ir ya mismo de este lugar de mierda —dijo, y luego casi le ordenó—: Sáqueme de acá urgente.

Juánez tiró sobre una mesita de metal una bolsa de nailon.

—Tus cosas, Minerva. Las puertas están abiertas. Nos vemos.

El investigador se dio media vuelta y se fue. Al verse sola, Minerva se relajó. Juánez sabía ponerla nerviosa.

Se acercó a la mesa y abrió la bolsa. Una por una fue sacando sus cosas. Se puso el reloj de pulsera, se ató el pelo con una gomita y abrió la billetera: los documentos y la plata estaban en su lugar.

Miró a su alrededor. La salita era chica y despojada. Cualquiera, con la libertad en la mano, habría salido corriendo de ese lugar. Pero Minerva no era cualquiera. Y tenía miedo de lo que podía llegar a encontrar afuera. La mirada del otro nunca le había importado demasiado, pero ahora las cosas eran distintas. La iban a señalar, dirían a sus espaldas: «Mirá, mirá, ahí va la asesina de su amiga».

Cerró los ojos y sacudió la cabeza. Quería borrar esas imágenes. Se acercó de nuevo a la mesa para guardar sus cosas en la mochilita, que también le habían devuelto. Era hora de salir.

«Esa mochila es mía, Lunga.»

Minerva pegó un salto y soltó las cosas, como si quemaran. Se dio vuelta. Estaba sola. Pero de repente escuchó una carcajada siniestra. No tuvo dudas. Era la risa de Gloriana.

—Hija de puta —murmuró mientras con el impulso de su orgullo tomó de nuevo la mochila y, desafiando a sus voces interiores, guardó sus pertenencias.

Agitada como estaba, se sentó en la silla de metal y se tomó la cabeza. «¿Cómo será vivir sin Gloriana?», pensó.

«Vas a poder, Lunga de mierda», dijo la voz que sólo Minerva escuchaba.

Levantó la cabeza y mirando a la nada contestó:

—No me digas *Lunga*, pelotuda.

Otra vez la carcajada. Minerva se tapó los oídos con las dos manos. Era la primera vez que el fantasma de la Márquez aparecía. Y no sería la última.

40

Cuando salió de la salita, Minerva ya estaba más tranquila. Al final del pasillo la esperaba una mujer policía para abrirle la puerta. Del otro lado, la calle. Respiró hondo para llenarse los pulmones de aires de libertad y cerró los ojos. Cuando los abrió, en la vereda estaba ella. Por primera vez no quiso disimular las lágrimas y las dejó salir. Sin pensar, corrió a abrazar a su abuela Inés.

Se las veía bien juntas. Tenían el mismo porte, la misma soberbia. Iban por la vida como si todo el mundo les debiera algo. La abuela Inés abusaba de la impunidad que le daban los años. Minerva, de la impunidad de la belleza y de la juventud.

Mientras las miraba desde la ventanilla de su auto, Juánez no pudo evitar emocionarse. Sólo se tenían la una a la otra. Una corriente de afecto hacia esas dos mujeres casi ajenas lo sorprendió. Después de abrazarse largamente, Inés y Minerva subieron al remís que las esperaba en la esquina de la comisaría de la mujer, donde la chica había pasado las últimas horas. El sonido del celular lo distrajo de sus cavilaciones. Miró en la pantalla el identificador de llamadas y sonrió.

—¿Cómo anda la perito más bella? —preguntó mientras se recostaba en el asiento del conductor.

—Juánez, tengo algunos resultados de pericias que te pueden interesar. —Manuela Pelari hizo caso omiso a los piropos del investigador.

—Te escucho.

—En las sábanas de la cama en la que mataron a Gloriana había sangre, semen y algunos cabellos. La sangre es de la víctima, el perfil genético del semen coincide con el de Mauro Solari…

—Bien —interrumpió Juánez—. Me gusta que la data del laboratorio coincida con la hipótesis de trabajo. Los jueces hace rato que perdieron la osadía; si no tienen resultados científicos, nos voltean todas las causas.

Manuela siguió relatando los hallazgos, sin prestarle atención a las teorías de Juánez sobre viejas y nuevas investigaciones. Ella era científica y los lamentos de policías con aires de Sherlock Holmes la tenían sin cuidado.

—Las manchas del pedazo de vidrio que encontramos en el morral del chico efectivamente son de sangre. La sangre también es de Gloriana Márquez.

—Redondo, Manu —sonrió el investigador. Prendió el aire acondicionado del auto y puso música clásica. —Caso cerrado.

—Tengo más resultados, ¿te interesa? —preguntó la perito.

La voz de la chica puso a Juánez de mal humor. Se la escuchaba desafiante o enojada. No lo podía determinar.

Pero estaba lejos de ser esa científica curiosa que tembló cuando los ojos de Mauro Solari se clavaron en ella.

—¿Qué pasa, querida? Te escucho.

—En las bombachas que estaban guardadas en el morral de Solari hay perfiles genéticos idénticos. Todos corresponden a la víctima…

Juánez, interesado, la interrumpió:

—Entonces le robaba la ropa interior a Gloriana.

—No toda.

—Contame —pidió Juánez.

—La bombacha roja que estaba fuera del morral tiene perfil genético femenino. Es de Minerva del Valle.

El investigador se sorprendió. Tenía la certeza de que Mauro Solari había tirado esa bombacha en su escondite mientras huía de la escena del crimen. En el apuro, no había llegado a guardarla en el morral con sus otros «tesoros». Manuela dejó de leer sus fríos informes y empezó a hacer deducciones.

—Juánez, yo también pensé que Mauro no había llegado a esconder la bombacha roja. Pero es curioso que sí haya tenido tiempo y lucidez para guardar el vidrio con el que degolló a Gloriana…

Sin saberlo, la perito le iba poniendo palabras a los pensamientos de Juánez. El planteo de Manuela tenía lógica.

—¿Y si lo charlamos personalmente?

—Te espero en una hora en mi casa —dijo la perito sin pudor—. Soy buena en la cocina.

Juánez cortó la comunicación con una sonrisa de oreja a oreja. El mal humor había desaparecido como por arte de magia. El hechizo de Manuela Pelari tenía su efecto.

41

El monoambiente olía a vainilla. En menos de media
hora Manuela ordenó los papeles que se amontonaban
sobre el sillón, cambió las toallas del baño, prendió velas
aromatizantes, abrió el ventanal que daba a la terraza y picó
verduras para agregarle a un arroz yamaní que se cocinaba
en el fuego.

Sabía que Francisco Juánez era vegetariano; no sólo
ella, todo el departamento de policía lo sabía, desde aque-
lla tarde en la que el investigador armó una reunión en
el auditorio policial para educarlos sobre las virtudes del
buen comer. Muchos se rieron por lo que consideraban
una extravagancia más del gran jefe. Manuela no se burló,
tampoco tomó notas, casi no recordaba lo que había pon-
tificado Juánez. Esa tarde la joven y bella perito de la policía científica creyó morir de deseo. Esa sensación seguía
intacta más allá del paso del tiempo.

Como buena policía que era, tenía claro que no hay
dos oportunidades para un buen resultado. Y no pensaba

perder la suya. Creía que el amor funcionaba con los axiomas básicos de las investigaciones criminales: observación detallada, hipótesis de posibilidades y la certeza de que una vez descartado lo imposible, lo improbable tiene que ser la verdad.

Después de arreglar la casa, se dedicó a ella. Eligió con cuidado científico qué ponerse. Un vestido de un género fresco color celeste con el escote justo, unas sandalias con piedritas de colores y su maravilloso pelo color miel cayendo por debajo de sus hombros. Unas gotas de su perfume de violetas y listo. No era necesario arreglarse demasiado, Juánez nunca la había visto vestida de civil. El timbre sonó, el corazón le latía fuerte. Se miró al espejo por última vez, se alisó el vestido con las manos, respiró hondo y de un tirón abrió la puerta.

Francisco Juánez también se había preparado para la ocasión, hasta parecía unos años más joven. Un jean, zapatillas de gamuza y una camisa verde agua que combinaba con sus ojos. Con la sonrisa más seductora que encontró, levantó la mano esgrimiendo una botella de vino.

—Un hombre me quiere emborrachar —dijo Manuela con un fingido tono de alarma.

—Yo le recomiendo que llame al 911, allí la van a poder ayudar, señorita.

Riendo nervioso, entró en el departamento de Manuela. Juánez abrió el vino mientras ella terminaba de cocinar el wok de vegetales y arroz. Con la copa en la mano, el investigador la miraba en silencio. Allí, delante de sus ojos, estaba el camino que no iba a elegir. La vida paralela que no iba a tener. La mujer joven, demasiado, con la que iba a pasar la noche. Una noche, nada más.

Manuela sentía la mirada de Juánez clavada en su cuerpo. Estaba incómoda y acalorada, pero podía disimular a la perfección. En definitiva, estaba entrenada para eso. Se dio vuelta con una gran sonrisa, sostenía con ambas manos una fuente de loza turquesa que olía de maravillas. Se sentaron en la barra de la cocina y Juánez llenó nuevamente las copas. Hablaron de trivialidades mientras disfrutaban de la comida, el vino y la compañía.

—Me sorprende que una chica joven, linda e inteligente no tenga novio —lanzó Juánez achispado por el vino.

—Tal vez no haya nadie que esté a mi altura —dijo Manuela, coqueta.

Ambos rieron. Juánez se sentía torpe. Toda la habilidad que manejaba en el terreno de los muertos desaparecía cuando tenía que sondear los caminos del amor, o de la conquista, en este caso.

—Vos tampoco tenés novia. ¿O sí?

—No, no tengo —contestó de inmediato—. Se me pasó el cuarto de hora. Soy un viejito.

La perito lo miró con los ojos entornados. Él era un cazador; ella, la presa. A pesar de que Juánez tenía casi veinte años más que ella, la diferencia no se notaba.

—Abuelo, ¿me sirve una copita más de vino? —dijo juguetona.

Juánez largó una carcajada. Lo sorprendía gratamente la mujer que estaba descubriendo escondida detrás de la fría y distante perito Manuela Pelari. Sin sacarle los ojos de encima, sirvió vino no sólo para ella, sino también para él. Necesitaba el estímulo frutado del alcohol. Nunca había tenido un affaire con una colega, pero a determinada edad creía que podía darse algún tipo de permiso.

—¿Qué sabés de Minerva del Valle? —preguntó Manuela.

Un baldazo de agua fría, eso le pareció a Juánez que le caía sobre su cabeza. Con sólo una pregunta, Manuela lo sacó de clima.

—Ya está libre, supongo que en la casa de su abuela —contestó con tono malhumorado.

—¿Le pusiste custodia? —insistió ella.

—Manuela... —Juánez pensó en cambiarle el tema, pero la chica era terca—. No entiendo lo que me planteás.

Notó la molestia de Juánez, pero no le importó.

—Mientras vos y yo estamos acá tomando un rico vino, Minerva está en peligro. La que no entiendo soy yo. ¿Estás tranquilo?

El malhumor se convirtió en enojo.

—¿De qué estás hablando? —preguntó. La mirada de galán seductor desapareció por completo. —El loco está preso en la clínica y Minerva disfruta en su casa. Listo, final de la historia.

Manuela sabía cuándo dar un paso atrás, generalmente lo hacía para tomar carrera. No era el momento.

—Perdón —dijo apelando a su sonrisa más *sexy*—. Cambiemos de tema.

Juánez dejó la copa sobre la barra de la cocina, se acercó a ella y, sin decir nada, la besó. Ella respondió inmediatamente. Pero de repente Juánez la alejó de su cuerpo. Necesitaba mirarla. Era tan bella y tan joven que el investigador tuvo miedo de despertarse y que todo hubiera sido un sueño.

—¿Pasa algo? —preguntó Manuela.

Él le contestó con una sonrisa tímida. Fue ella entonces la que tomó la iniciativa. Sin dejar de mirarlo fijamente, se sacó el vestido. No tuvo vergüenza de quedarse en ropa interior delante de su jefe.

Juánez acarició lentamente los hombros, los brazos y el cuello de Manuela. Ella cerró los ojos y se dejó llevar por las manos expertas del investigador.

—Sos tan hermosa… —murmuró.

La voz ronca del investigador activó, aún más, todos los sentidos de Manuela. Como si una corriente de energía la hubiera poseído, lo acorraló contra la barra de cemento de la cocina. Le sacó la camisa y, al mismo tiempo lo besaba con desesperación, lo desnudó del todo.

—Señorita, ¿qué le parece si vamos a un lugar más cómodo? —preguntó él mientras le sacaba la bombacha. No quería ni un centímetro de género entre él y ella.

—Claro, jefe, sus deseos son órdenes para mí —contestó con voz encantadora.

Se llevaron la botella de vino y las copas a la cama. Juánez se sentía un adolescente. El cuerpo y las urgencias de Manuela tenían el efecto máquina del tiempo.

Besos, sexo, vino. Algún que otro comentario y volver a empezar. Después de varias horas, ambos quedaron extenuados. Juánez se fue quedando dormido entre los brazos de esa muchacha exquisita. Una cosquilla machista anidaba en su pecho: Ella se había dormido primero. Las cosas estaban en orden, él seguía siendo el jefe.

Abrió los ojos de golpe. Tardó unos segundos en ubicarse. Miró a la derecha y la vio. Manuela dormía plácidamente, su pelo color miel caía brillante sobre la almohada. Era una imagen agradable. La noche había sido intensa y ella era realmente estupenda. «Demasiado para mí», pensó mientras con el dedo índice acariciaba en círculos el hombro desnudo de la chica.

—Buenos días, jefe —murmuró adormilada.

Juánez se acercó bajo las sábanas y la abrazó fuerte. No había nada sexual en ese abrazo y ella lo notó de inmediato.

—¿Pasa algo, Juánez? —preguntó.

—Nada, de nada. Pasé una noche genial y te lo quiero agradecer.

Ella lo abrazó más fuerte.

—Suena a despedida —dijo ella.

Juánez prefirió el silencio. Le acarició la espalda con una ternura infinita. Ésa fue su respuesta.

—Voy a preparar café —dijo Manuela mientras se soltaba de los brazos de él. Se levantó de la cama y caminó los pocos metros que separaban el dormitorio de la cocinita.

Juánez no pudo evitar recorrerla con la mirada y se repitió, esta vez muy convencido: «Demasiado para mí».

El poder de la chica era demoledor. Preparar el desayuno totalmente desnuda era una de las cosas más convincentes que Juánez había visto en los últimos tiempos. En ese momento, Manuela hubiera podido hacer lo que quisiera con él.

—Jefe, ya están las tostadas.

—Gracias, reina. —Sonrió sentado en la cama. —Necesito que te pongas una bata, una remera o algo. Soy un señor mayor y me está subiendo la presión arterial…

—Puede ser el homicidio perfecto. No habría una sola prueba en mi contra —dijo Manuela exhibiendo su cuerpo maravilloso—. Gran idea…

Juánez largó una carcajada.

—Si vas a recibir así a los investigadores, te vas a convertir en la asesina serial más grande de la crónica policial argentina, no tengo dudas.

—Jefe, no lo repito. Con el poder que me da todo esto —dijo señalando su cuerpo desnudo—, le ordeno que venga a tomar su desayuno.

Juánez se levantó y se puso su jean. Él no tenía la osadía de Manuela. Los años suelen hacer esas cosas. Desayunaron café, tostadas con queso y jugo de naranja artificial. Se dieron una ducha mientras escuchaban canciones de Bon Jovi. Juánez había insistido en poner la radio de música clásica, pero decirle que no a una Manuela desnuda era imposible.

Mientras buscaba la ropa de la noche anterior, que por cuestiones de la pasión había quedado esparcida por todo el monoambiente, se dio cuenta de que su teléfono estaba apagado. Recordó el momento en el que había apretado la tecla roja. Se puso la camisa, las medias y prendió el teléfono. Tenía varios mensajes y llamadas perdidas. No llegó a escucharlos. Manuela estaba envuelta en una toalla, clavada frente al televisor. Pegó un salto y se puso a su lado. No podía creer lo que decían en el noticiario. Se le hizo un nudo en el estómago, y un gusto amargo le subió por la garganta. Sintió la mirada de Manuela. No se animó a enfrentarla. La perito no se había equivocado: Tenía que haberle puesto custodia a Minerva del Valle.

42

«El asesino de zona Norte está suelto», titulaban los noticiarios. Mauro Solari se había escapado de la clínica Los Tilos. El fiscal Marcos Roger y el juez de garantías estaban como locos y se querían llevar a todos puestos. Habían ordenado un allanamiento cinematográfico a la clínica. Las cámaras de televisión estaban plantadas en la puerta y había que dar una muestra contundente de eficacia judicial. Era tarde. El loco ya no estaba en el lugar.

El médico, Matías Aguirre, se agarraba la cabeza y lloraba, mientras decenas de policías de elite daban vuelta cada habitación de Los Tilos. El guardia del servicio penitenciario no estaba mejor que el psiquiatra: repetía a quien quisiera escuchar que nadie había salido por la puerta que tenía que custodiar.

Francisco Juánez entró hecho una furia. Los periodistas se le tiraron encima en cuanto lo vieron.

—Juánez, ¿quién es el responsable? —preguntaban—. Juánez, ¿la población corre peligro?

—No voy a hablar ahora, estamos trabajando.

La clínica era un caos de gente, gritos y corridas. Los

médicos intentaban tranquilizar a los familiares de los otros pacientes, que se habían acercado indignados porque nadie les había dicho que en ese lugar había un asesino. Los policías que acordonaban la puerta se abrieron para dejar pasar a Juánez, que sin mediar palabra subió como una tromba al consultorio del doctor Aguirre, y abrió la puerta sin golpear. El médico tenía la cara hinchada y los ojos rojos, pero nada de eso conmovió al investigador.

—Hijo de puta, ¿dónde lo tenés escondido? —disparó.

—Juánez, yo no lo tengo —intentó explicar mientras por tercera vez en lo que iba del día se largaba a llorar—. Te juro que no lo tengo.

—Dejá de llorar, carajo, porque un solo llamado mío te manda a la cárcel —gritó descontrolado—. ¡Hablá, la puta que te parió!

Aguirre se atragantó con sus propias lágrimas.

—Te juro que no sé nada. Me llamó una enfermera en plena madrugada para decirme que Mauro había desaparecido —explicó y respiró hondo—. Me vine corriendo, lo primero que hice fue llamarte.

No mentía. Una de las llamadas perdidas del celular de Juánez era de Aguirre. Por primera vez el investigador se arrepintió de su maravillosa noche con Manuela.

—¿Me equivoco si creo que Mauro Solari no es un loco más acá adentro?

—No —contestó el médico—, no te equivocás. Mauro Solari es el ahijado de Alberto Echepare, el dueño de la clínica.

Juánez salió del consultorio con la misma virulencia con la que había entrado. Bajó corriendo las escaleras y encaró a una secretaria que lo miró con ojos aterrorizados.

—¿Dónde está Echepare?

La chica titubeó.

—Eh… no lo vi. Pero ahí está su oficina —contestó señalando una puerta plateada.

Juánez se dio vuelta y la abrió de una patada. Detrás de un impresionante escritorio de vidrio y acero, Alberto Echepare lo observaba sin ningún tipo de sorpresa. Lo estaba esperando.

—Adelante, Francisco Juánez. Me habían dicho que usted era un hombre de carácter —dijo mirando a la puerta, y agregó—: Nunca imaginé que tanto.

—No estoy acá para hablar de mi carácter. ¿Dónde está el loco?

Echepare se levantó del sillón de cuero negro. Era bastante más bajo que Juánez, pero su figura resultaba imponente. Había nacido con «don de mando», un manejo extraordinario del poder. A Juánez esa virtud lo tenía sin cuidado.

—Le repito, Echepare —dijo enfurecido—, que su ahijado es peligroso. Está suelto y tengo la certeza de que usted hizo mucho para que Solari no esté en el lugar en el que tiene que estar.

—Momentito —dijo Echepare, levantando la mano—. Nadie se preocupa tanto por Mauro como yo. Jamás haría algo que pudiera ponerlo en riesgo, y Mauro no está en condiciones de andar solo por la calle…

—Por eso —interrumpió Juánez—. ¿Dónde lo escondió?

Echepare hizo silencio. Se dio media vuelta para mirar por la ventana. Abajo, en la vereda, había cada vez más periodistas. Era, sin dudas, la noticia del día.

—Mauro no mató a esa piba. Lo que están haciendo con él es una locura —dijo con voz quebrada.

—No me interesa su opinión. Las pruebas son contundentes. Mauro Solari, su loco, es un asesino.

—No sería capaz de semejante cosa —aseguró, y lo miró con los ojos húmedos y los labios temblorosos—. El chico está mal, pero no la mató.

—Echepare, a ver si nos ponemos de acuerdo —dijo Juánez—. Usted y esta clínica de mierda están terminados. Dejaron salir a un paciente que degolló con fines sexuales a una piba joven. Y como si eso no alcanzara, se les acaba de escapar sin ningún tipo de problemas. Dos veces dejaron a un asesino en la calle.

Alberto Echepare miraba al piso mientras escuchaba con atención lo que decía Juánez. Cuando levantó la mirada, el investigador había desaparecido. Lo había dejado solo con sus fantasmas y, sobre todo, con su conciencia.

43

En cuanto se enteró de la fuga de Mauro Solari, Juánez se puso al hombro el operativo en Los Tilos y mandó
a Manuela a cuidar a Minerva. En definitiva, había sido
la perito la que percibió el peligro. Manuela Pelari había
nacido en una cuna tan dorada como la de Minerva, pero
los negocios fallidos de su padre la habían puesto en una
situación de pelea económica desde chica. Tuvo que trabajar duro para pagar sus estudios forenses. Ya se había olvidado de que alguna vez fue rica.

La casona de Inés María Quesada no la intimidó, incluso
se parecía bastante al caserón en el que ella se había criado.
Tanto la dueña de casa como su nieta Minerva estaban al
tanto de lo que había ocurrido. Juánez había llamado:
«Inés, encierre a Minerva en su casa y no le abra a nadie.
Yo le mando a una colega para que las acompañe».

—Querida, ¿querés un té? —preguntó la abuela mientras miraba a Manuela de arriba abajo.

—¿Pasa algo, señora? La noto preocupada por mi
aspecto —disparó la chica sin pudor—. Y sí quiero un té
blanco en hebras, claro.

Inés sonrió sorprendida. No estaba acostumbrada a ser desafiada.

—Té blanco en hebras —repitió Inés y volvió a mirarla de los pies a la cabeza—. Veo que sabés de té, querida. Los que sabemos sobre té solemos ser personas elegantes. Tu aspecto... bueno, en fin.

Por primera vez en años, Manuela se sintió desclasada. Se había olvidado de cómo ser rica. Prefirió cambiar de tema.

—Inés, hasta que Mauro Solari no aparezca, tanto usted como su nieta van a estar con custodia —explicó mientras se sentaba en ese sillón maravilloso—. Es una directiva que dio el juez. Ustedes la pueden rechazar, pero les sugiero que no lo hagan.

La abuela la escuchaba atentamente mientras jugueteaba con la piedra engarzada en su anillo, una aguamarina increíble. Inés levantó la mirada de la joya, miró hacia la escalera de mármol y sonrió. Manuela se quedó muda. Una chica alta y erguida bajaba la escalera. La luz que entraba por los ventanales iluminaba el pelo largo y brillante que caía muy por debajo de sus hombros. El conjunto de pantalón y chaleco de lino blanco parecían hechos a medida. Pero los ojos verdes de la chica habían llamado la atención de la perito. Esos ojos maravillosos que en el mural el loco Mauro Solari había borrado. Porque la chica del mural era Minerva, ahora que la tenía a pocos metros de distancia no tenía dudas.

La conexión entre nieta y abuela fue instantánea. El gesto duro y conservador de Inés sólo se suavizó con la presencia de Minerva.

—Minerva, ella es la policía Manuela Pelari —dijo señalándola con el dedo índice—. La mandó Juánez.

Parece que el asesino de Gloriana se escapó y nos tienen que cuidar.

Minerva se acercó al sillón en el que estaba sentada Manuela y se ubicó cerca. No le sacaba los ojos verdes de encima. La perito empezó a sentirse bastante incómoda.

—¿Por qué piensan que ese loco podría querer hacernos daño? —preguntó la chica.

Manuela se irguió y puso la voz más grave que pudo, no iba a dejarse amedrentar.

—Creo… Bueno, creemos que Mauro Solari entró al PH a buscarte a vos. Fue una casualidad que Gloriana estuviera en el lugar —explicó e hizo un silencio para evaluar las reacciones—. Vos eras su objetivo, a vos te deseaba.

Minerva del Valle lanzó una carcajada despectiva.

—¡Qué locura, por Dios! —exclamó sonriente, pero inmediatamente la risa se borró de su cara—. Quiero que me dejen en paz. Estoy harta de todos ustedes. No quiero custodia.

—Minerva, no seas necia —intervino la abuela—. De ninguna manera voy a poner en riesgo tu vida. Vos no sos la Márquez, tu vida es muy valiosa.

Manuela Pelari se atragantó con el té. No podía creer lo que había escuchado e intervino.

—La vida de Gloriana Márquez también era valiosa, señora Quesada…

Con la mirada helada, Inés la interrumpió:

—Nadie te pidió opinión, querida. Y agradecé que no te pongo a custodiarnos parada en la puerta a pleno rayo del sol.

Minerva se metió para suavizar los ánimos de ambas mujeres.

—Disculpá, Manuela. Estamos muy nerviosas con todo lo que está pasando —dijo, y otra vez una máscara sonriente apareció en su cara—. Tiene razón mi abuela, voy a aceptar la custodia.

La perito recibió las disculpas con un simple movimiento de cabeza. No quería cruzar una palabra más con ninguna de las dos. Dejó la taza de porcelana sobre la bandeja de plata. El sonido de su celular la sobresaltó, miró el identificador de llamadas y tuvo ganas de gritar de alegría. Era Juánez.

—Manuela, estoy enfrente de la casona. Ya puse un poli en la puerta. Salí por favor —dijo.

—Ya salgo.

La perito se levantó del sillón.

—Me voy —dijo mirando a ambas mujeres—. Ya llegó la custodia.

Inés y Minerva se levantaron al mismo tiempo. El parecido entre ellas era, de verdad, impresionante.

—La acompaño hasta la puerta, querida —dijo la abuela mientras caminaba por el pasillo. Minerva se sumó.

Cuando llegaron al portón, Inés le tendió fríamente la mano. Manuela la aceptó sólo por educación y miró a Minerva.

—Cuidate, va a estar todo bien —le dijo mientras se daba vuelta para salir de la casona. Y de repente escuchó la voz monótona de Minerva del Valle, a sus espaldas.

—Vos también cuidate, Manuela. Sos muy parecida a la Márquez, y el loco anda suelto.

44

Salió de la casona con el corazón acelerado. Vio a Juánez apoyado en el capó del patrullero que habían mandado de custodia, y corrió a abrazarlo. No le importó que
el policía que estaba parado en la puerta la viera en los brazos del jefe.

—Veo que el encuentro con la reina y la princesa no
fue de los más agradables —le dijo mientras acariciaba la
espalda de la chica.

—Me sentí la Cenicienta.

Juánez puso los ojos en blanco y la apartó de su pecho,
para mirarla a los ojos.

—Manu, son dos mujeres muy particulares. Soberbias,
maltratadoras, pero sobre todo tienen miedo.

—Ni el criminal más feroz se animaría a enfrentar a esas
dos arpías. Son endemoniadas, Juánez.

Ambos sonrieron.

—¿Se sabe algo del loco? —preguntó Manuela.

—No todavía. Están allanando su casa y la quinta del

dueño de Los Tilos. Alguien lo ayudó. No hay chance de que pudiera huir solo.

Manuela asintió en silencio. No tenía nada más que hacer en ese lugar. La policía estaba tras la pista de Solari, no quedaban pericias pendientes sobre el homicidio de Gloriana y las dos mujeres más malas que había conocido en la vida estaban custodiadas.

—Me voy, Juánez —dijo, y lo miró con coquetería—. Si tenés ganas, podés pasar por mi casa a tomar el vino que sobró de anoche.

—No es una mala idea —comentó él—. Te llamo.

Manuela cruzó la calle. Antes de subir a su auto, se dio vuelta y gritó:

—Juánez, ¿te puedo hacer una pregunta?

El investigador asintió con la cabeza.

—¿Me ves parecida a Gloriana Márquez?

Juánez la miró sorprendido. Sólo había visto a la chica Márquez muerta.

—Estás loca. Subite al auto y andá a descansar, te llamo más tarde —contestó.

Observó cómo Manuela se subía al auto y se ponía el cinturón de seguridad; después escuchó cómo se iba alejando de a poco el ruido del motor. No lo había pensado, ni siquiera se le había cruzado un segundo por la cabeza. Pero sí, Manuela Pelari se parecía bastante a Gloriana Márquez. El tipo y color de pelo, los ojos celestes, la sonrisa franca y con oyuelos en las mejillas. Sacudió la cabeza para borrar las imágenes. Comparar un cadáver con el cuerpo lleno de vida de Manuela le daba náuseas.

—Hola, Juánez. ¿Se piensa quedar ahí parado mucho tiempo más?

Minerva del Valle había salido a la vereda a buscarlo. Se la veía totalmente distinta. Había dejado de ser la chica acorralada que conoció hacía apenas unos días.

—Hola, nena. Entremos, por favor.

La chica no paraba de hablar. En pocos minutos le contó su experiencia en la comisaría de la mujer, el susto de muerte que se había pegado su abuela cuando supo que el loco se había escapado y hasta le agradeció con un cinismo escalofriante haber conocido a Manuela.

—Minerva, necesito que llames a tu abuela. Tengo que hablar con las dos.

La chica frunció el entrecejo y se levantó del sillón. Pocos minutos después, los tres estaban en la sala. Juánez las miró con seriedad y dijo:

—La cosa no está bien. Ustedes ya saben que Solari se escapó…

—Es un loquito —lo interrumpió Inés—. No puede ir muy lejos, ya lo van a agarrar y lo van a meter en la cárcel para siempre.

—No, Inés. Nunca va a ir a la cárcel, el asesino está loco —advirtió, y la abuela empezó a prestarle atención—. Como mucho, lo mandarán a un loquero con menos seguridad que Los Tilos.

—Y bueno… La Márquez ya está muerta —dijo la abuela—. Seguro que ella lo provocó al pobre loco. Ya está.

A Juánez no lo sorprendió tanto la barbaridad que había dicho Inés como el gesto de Minerva, aprobando en silencio la teoría rebuscada de la abuela. Tenía razón Manuela: Esas dos mujeres estaban endiabladas.

—Inés, Mauro Solari quería a Minerva —afirmó mirándola fijamente—, y no tengo dudas de que la sigue queriendo. En cuanto tenga oportunidad, va a venir por su nieta. ¿Soy claro?

Inés empezó a juguetear con su fabuloso anillo. Estaba meditando sobre las escasas posibilidades que tenía para proteger a quien más amaba. Minerva, más seria que nunca, la miraba ansiosa. Sabía que su destino dependía, como siempre, de su abuela. Cuando dejó en paz el anillo, levantó la mirada. Sus ojos, tan verdes como los de su nieta, estaban húmedos. Respiró hondo y, con un tono de voz bien firme, sin dudarlo, anunció:

—Quédese tranquilo, Juánez. —Luego miró a su nieta. —Minerva, mañana a primera hora vas a tomar un vuelo a Ecuador.

El investigador y la chica se quedaron mudos. Ninguno de los dos imaginó semejante reacción. Habían subestimado a Inés María Quesada.

—No me miren así, soy vieja pero sé muy bien lo que estoy haciendo —afirmó, y las lágrimas empezaron a rodar por sus mejillas arrugadas—. Ecuador es mi último reducto.

Tras la noticia, Juánez se levantó y se fue. Las dos mujeres tenían demasiadas cosas para discutir. Nadie podía negarse a la decisión de una Quesada, y no iba a ser él quien intentara hacerla cambiar de opinión. Además, internamente creía que no había un plan mejor para cuidar a la chica.

Caminó solo hasta el portón, ninguna de las dos se ofreció a acompañarlo. Echó un último vistazo. La escena era conmovedora: Minerva, arrodillada con la cabeza escondida en la falda de su abuela; Inés, con la mirada perdida, le acariciaba la cabeza. Era un cuadro de despedida. Ésa fue la última vez que vio a Minerva.

45

Marcó por décima vez el celular de Juánez. Entraba directamente el contestador. La había llamado para decirle que estaba yendo para su casa. Habían pasado dos horas y no había llegado. Manuela Pelari no quería convertirse en la típica chica insistente, pero estaba preocupada. «Se debe haber retrasado con alguna reunión de última hora», pensó mientras intentaba tranquilizarse.

Se miró por quinta vez al espejo, revolvió por cuarta vez la ensalada, prendió la televisión para volver a apagarla, puso música, prendió las velas de vainilla, fue al baño para chequear que todo estuviera en orden. Y Juánez no llegaba. Insistió con el celular, decidió dejar un mensaje: «Juánez estoy preocupada, en cuanto escuches esto llamame. Gracias».

Se sirvió una copa de vino y la apuró de un trago. Imaginó que tal vez el investigador se había arrepentido, que no tenía ganas de volver a pasar la noche con ella. Negó con la cabeza. «Imposible, me hubiera llamado para avisarme», se dijo.

De pronto se dio cuenta de que no tenía el teléfono particular de Juánez y sonrió con tristeza. Conocía cada parte de su cuerpo, sabía qué lugares tocar para que él estallara de placer y no sabía el número de su casa. Se culpó por eso.

Miró el reloj: El tiempo seguía pasando. Y ni noticias. Sólo quedaba una cosa por hacer, de sólo pensarlo se ponía colorada de vergüenza. Imaginaba los rumores maliciosos que podía despertar si llamaba a la oficina de Juánez a esa hora de la noche para pedir la dirección o el número de su casa.

Apagó la música, sopló las velas y se sirvió otra copa para darse coraje. A medida que los minutos pasaban, cada vez le resultaba menos vergonzante llamar a la jefatura. El miedo suele jugar esas pasadas. Tomó aire y marcó.

—Jefatura, buenas noches.

—Buenas noches, soy la perito forense Manuela Pelari… —se identificó como siempre y luego dudó un segundo, se reprochó no haber preparado alguna frase—. Estoy buscando a Francisco Juánez, es por una investigación que estamos llevando…

Pero no pudo seguir, porque la persona que la había atendido la interrumpió de inmediato:

—Pelari, lamento comunicarle que Juánez tuvo un accidente.

Manuela se quedó sin aire. Tuvo que sentarse en el piso. Las piernas se le aflojaron de golpe. La voz siguió explicando:

—Chocó con el auto, está internado en la clínica de la fuerza…

—¿Cómo está? —preguntó, y se dio cuenta de que estaba llorando.

—No puedo darle información, es la orden que me bajaron. Pero si usted le tiene aprecio, le sugiero que vaya a la Clínica Policial.

Cortó la comunicación de golpe. Estaba sentada en el piso, temblando. Tardó unos minutos en reaccionar. Se levantó, tomó las llaves de su auto y salió de su casa.

En menos de media hora llegó a la clínica. Dejó el auto mal estacionado y entró por el pasillo de la guardia. Conocía el lugar como la palma de su mano. Más de una vez había ido a visitar a colegas que habían resultado heridos en cumplimiento de sus funciones. También conocía con detalle la morgue de la clínica, pero no quería pensar en eso.

Una médica de guardia le informó que Francisco Juánez estaba siendo operado en el quirófano del segundo piso. Subió las escaleras corriendo, ni se le ocurrió perder un segundo en aguardar el ascensor.

La salita de espera, puertas afuera del quirófano, estaba llena de gente. Eran los colegas de Juánez. Se le nubló la vista y sintió el corazón desbocado. Las lágrimas en los ojos de los hombres más duros de la policía eran el peor mensaje que Manuela podía decodificar. Alguien la tomó con firmeza del brazo. Era el cabo Ordóñez, el policía favorito de Juánez.

—Ordóñez, decime la verdad —suplicó Manuela.

—Está mal. El médico dice que tuvo un infarto mientras manejaba —le informó, y Manuela se tomó la cabeza con las dos manos; el policía siguió—: No pudo controlar el auto y se incrustó contra un árbol…

—¿Cómo está? —insistió la perito.

—Está vivo de milagro. Si ves cómo quedó el auto, no

se entiende que esté vivo —dijo mientras miraba de reojo la puerta del quirófano—. Ahora lo están operando. Está sumamente lastimado.

Manuela respiró hondo, tratando de contener las lágrimas.

—¿Qué podemos hacer? Y no me digas rezar —dijo—. Yo no rezo.

Ordóñez se tomó el atrevimiento de abrazarla. Manuela se dejó.

—Esperar, Manu —contestó—. No queda otra.

46

El accidente de Francisco Juánez ocupó la tapa de todos los diarios y la apertura de cada noticiario durante días. Compañeros, vecinos, familiares de víctimas de la violencia, funcionarios y hasta ministros se plantaron ante las cámaras para hablar maravillas del investigador. Una especie de velatorio de cuerpo presente. Pero Juánez no se había muerto, estaba en coma farmacológico. Los médicos querían que su cuerpo funcionara al mínimo. No estaba en condiciones de gastar más que la energía básica.

Manuela iba cada mañana a visitarlo y en cada atardecer a darle el beso de las buenas noches. Los enfermeros de la terapia intensiva la dejaban quedarse más tiempo que al resto de las visitas.

—Hablale —le dijo el neurólogo—. Él te escucha.

—Yo le hablo y le canto —respondió Manuela, y le mostró la radio chiquita que llevaba en su bolso—. Le traje su música clásica. Tal vez ayude.

—Claro que ayuda —aseguró el médico.

Estaba por irse, pero se demoró unos minutos porque

pensó que ella tenía más derecho que nadie a recibir la noticia.

—Hoy vamos a empezar a sacarle la medicación que lo tiene en coma.

Los ojos de la chica brillaron. Era la primera buena señal tras días de angustia y desconcierto.

—Ojalá que cuando se despierte yo pueda estar a su lado…

El médico le tomó las manos con ternura, y le sonrió.

—Ya di la orden. En cuanto reaccione, vas a ser la primera persona a quien llamen.

Manuela rompió a llorar, y esta vez fueron lágrimas de gratitud y de expectativa.

47

El ardor en el pecho era intenso. Quiso abrir los ojos y no pudo. Los párpados pesaban toneladas. Sentía la lengua dormida. Y un sonido… «¿Qué es ese pitido agudo que no se apaga nunca?», pensó.

De vez en cuando escuchaba voces, murmullos, susurros. Más de una vez intentó pedirles a los que hablaban que no se fueran, quiso decirles que él estaba ahí. Pero no le salía y terminaba quedándose solo de nuevo, en el medio de la nada. Aunque algo había cambiado. El dolor y la incomodidad eran latentes. Se concentró en sus propios pies, los dedos respondieron de inmediato. El corazón se le aceleró.

—¿Me escucha?

Juánez se sobresaltó. Una voz. No pudo determinar si era un hombre o una mujer quien le estaba hablando. Quiso decir que sí, que escuchaba. Pero no pudo, no supo cómo responder.

—Juánez, si me está escuchando, apriete mi mano.

La mano. Se concentró en sus manos. Derecha.

Izquierda. Por unos segundos ni siquiera las sintió, hasta que una sensación cálida lo alertó. Y la mano derecha apretó la mano ajena con toda la fuerza de su cuerpo.

—Bien, Juánez. ¡Bienvenido!

Con ese simple movimiento, Juánez volvió a nacer. Tal como lo había deseado, Manuela estaba junto a él, en el momento justo.

Durante casi dos meses, los medicamentos lo habían mantenido en un limbo del que sólo guardaba sensaciones. Sintió calor, frío, ganas de reír, ganas de llorar y mucho sueño. Pero todo desde un lugar desmaterializado.

El accidente había sido realmente terrible. Francisco Juánez no podía caminar. Sus piernas y su cadera estaban destrozadas. Las operaciones resultaron exitosas, pero la rehabilitación era larga y tediosa; podía incluso durar un año, tal vez más. Dos veces por día los terapistas lo llevaban desde su habitación hasta el gimnasio de la clínica para «darle duro», como decían un poco en broma, un poco en serio.

—¿Cómo te fue con los ejercicios? —preguntó ansiosa Manuela apenas llegó.

—Bien, doy pasos más firmes con los andadores, y estuve parado diez minutos sin ayuda —respondió él tranquilo, valorando sus pequeños logros.

Manuela lo miró con orgullo. La fortaleza de Juánez la conmovía. No pensaba desperdiciar un segundo de ese hombre del que se había enamorado en el momento exacto en el que pensó que lo perdía. «Sentí que Juánez era el hombre de mi vida cuando me dijeron que estaba en coma», le había confesado a una amiga.

Cuando los médicos le anunciaron que la recuperación iba a ser complicada y que su amor tenía por delante meses de internación, Manuela se encogió de hombros y, sin dudar, se fue a una casa de decoración. Compró jarrones para poner flores frescas día por medio, una alfombra de colores para los pies de la cama, unas cortinas amarillas para las ventanas de la habitación y muchas velas con olor a vainilla. En unas horas, convirtió una habitación fría en un lugar acogedor. «Nuestro nidito de amor», lo habían bautizado.

Juánez se dejó cuidar por Manuela. Gracias a ella, tenía ganas de volver a caminar y, sobretodo, ganas de volver a su casa. Pero faltaba mucho camino por recorrer.

—Vine sólo a darte un beso, previo a la merienda —dijo Manuela—. Me voy por un ratito y regreso para la hora de la cena. ¿Me das permiso?

—Voy a pensarlo… —respondió Juánez, siguiéndole el juego.

La enfermera entró con una bandeja enorme. Una tetera, una jarra de jugo de naranja y un budín que olía de maravillas. Manuela aprovechó la irrupción de la mujer para irse. Le dio un beso a Juánez y prometió volver lo antes posible.

—Lo hice con mis propias manos, Juánez —dijo Nélida, señalando el budín.

—Uh… Muchas gracias, esas tostadas de enfermo con membrillo son un infierno.

—Silencio —dijo la enfermera fingiendo enojo—, más respeto con la cocinera.

Juánez levantó los brazos. Se rendía. Nélida era un encanto, pero su carácter la había hecho famosa en la clínica. Era fatal.

Dos golpes tímidos en la puerta los hicieron callar.

—¿Espera a alguien, Juánez? —preguntó.

—No.

La enfermera fue hasta la puerta de la habitación y la abrió. Del otro lado, una mujer mayor la miró de arriba abajo.

—Vengo a ver al señor Francisco Juánez.

—Adelante —dijo Nélida, intimidada.

Juánez estiró el cuello para ver quién era la visita. Se le hizo un nudo en el estómago. Frente a sus ojos, estaba Inés María Quesada.

48

Se la veía espléndida, como siempre. Un vestido color habano, un pañuelo rojo, un peinado impecable y sus ojos verdes chispeantes.

—¿Cómo le va, policía? —preguntó con una sonrisa encantadora.

—Qué sorpresa, Inés —dijo Juánez con sinceridad.

Nélida, la enfermera, se retiró sigilosa.

—Inés, ¿quiere una taza de té? —le ofreció el investigador—. Sólo que se lo va a tener que servir usted sola. Hace unos pocos minutos estaba Manuela, pero acaba de irse. ¿No se cruzó con ella en el pasillo?

—No —respondió Inés, sin hacer ningún tipo de comentario. Luego le sonrió y, con su elegancia innata, sirvió dos tazas y le ofreció una: —Aquí tiene.

—Gracias —dijo Juánez mientras recibía la taza.

La abuela se sentó en un silloncito mullido que Manuela había puesto al costado de la cama. En silencio y, como en una ceremonia, tomó su té.

El nudo en el estómago de Juánez no se deshacía. Desde el día del accidente, no había vuelto a pensar en el crimen de Gloriana. Lo había borrado de su mente. Tener a Inés tan cerca le trajo todos los recuerdos de golpe. Lo angustió darse cuenta de la cantidad de tiempo que había pasado encerrado en la clínica, intentando sobrevivir.

Se le puso la piel de gallina, y reprimió las ganas de llorar. El coqueteo con la muerte lo había puesto demasiado sensible para su gusto.

Inés dejó la taza sobre la mesita de luz y rompió el silencio.

—Me alegra que se haya quedado de este lado de la vereda. Hubiera lamentado mucho su muerte —dijo con una sonrisa—. Se lo digo de todo corazón.

—Gracias, Inés. Parece que no me tocaba —respondió Juánez, mirándola con atención. Por un segundo creyó verla conmovida.

—Vine para agradecerle.

Juánez dejó la taza en un costado y se estiró. Inés Quesada agradeciendo algo... le parecía tan irreal que optó por sonreír.

—No se ría, policía. No me es cómoda esta situación —confesó mirando hacia el piso—. Gracias a usted, mi nieta Minerva no se está pudriendo en un calabozo.

—¿Cómo está Minerva? —preguntó él.

—Bien —respondió cortante la mujer.

Por primera vez en meses, Juánez volvió a sentir en su cuerpo esa sensación antigua, casi olvidada, de alarmas que sonaban de repente, anunciando algo. El sabueso, que había estado dormido durante tanto tiempo, se despertó de golpe.

—Hablemos de Minerva —se atrevió a decir.

Inés descruzó las piernas, para volverlas a cruzar. Se miró las manos y empezó a juguetear con la piedra roja de su anillo. Levantó la cabeza y lo miró.

—Minerva se fue a vivir nomás al Ecuador.

—Ecuador... —murmuró Juánez—, su *último reducto.*

—Mi último reducto —repitió la mujer mientras asentía con la cabeza.

Inés se había quedado callada con la mirada perdida. Juánez, como todo perro de presa, no aflojó.

—¿Cuándo se fue su nieta? —preguntó.

—La subí a un avión el día posterior a su accidente —dijo, y lo miró seria—. Minerva no se enteró de nada. Cuando la noticia salió en la prensa, ella ya no estaba en el país...

Juánez la interrumpió:

—¿Por qué Ecuador?

—¿Por qué no? —repreguntó apresurada.

—No me dé vueltas, Inés. La escucho.

La mujer lo miró como si quisiera evaluar algún detalle antes de seguir hablando. Lentamente se sacó el pañuelo rojo del cuello, lo dobló de manera prolija y lo dejó en el brazo del sillón. Con sus manos añosas alisó la falda del vestido. Se quedó quieta por unos segundos, respiró hondo buscando, tal vez, las palabras adecuadas, y por fin habló.

—Mandé a Minerva a Ecuador para que el azar o el destino, como usted prefiera llamarlo, junte finalmente y de una vez por todas lo que nunca debería haber sido separado.

Inés dejó de hablar esperando algún tipo de pregunta. No la hubo. Juánez hizo lo mejor que podía hacer: silencio. La mujer, agradecida, siguió hablando:

—Yo tenía quince años cuando me enamoré por única vez en mi vida. Fui la chica más hermosa y rica de la ciudad. El hombre que robó mi corazón también era hermoso, pero era pobre —dijo con un gesto de amargura—. Un pecado que terminé pagando yo. Fue muy alto el precio.

—No sabía que su marido había sido un hombre humilde.

Inés le clavó la mirada.

—No estoy hablando de mi marido. El amor de mi vida fue anterior a mi marido. Se llamaba Hilario Robledo, un filósofo bohemio que no tenía dónde caerse muerto. Mi madre le decía *palurdo*.

—Un historia de novela…

—No. Las historias de amor se construyen de a dos, y en ésta la única que amé fui yo. Ese filósofo era un cazafortunas —aseguró, y movió la mano, como ahuyentando algún recuerdo desagradable—. Mi madre Lourdes lo odiaba e intimó a mi padre a tomar cartas en el asunto. Le ofreció un dineral que ese cretino aceptó gustoso.

—Muy triste, Inés. Pero sigo sin entender demasiado.

La mujer miró nuevamente el piso. Su voz empezó a perder firmeza.

—Hilario Robledo y yo tuvimos un hijo.

Juánez se incorporó de golpe. Sintió una puntada en la cadera, pero no le importó. La historia empezaba a ponerse interesante.

—Inés, por lo que yo sé, usted tiene una hija mujer. La mamá de Minerva.

—Ella es mi segunda hija, nacida durante el matrimonio con mi marido —dijo, y casi murmurando agregó—: Mi primer hijo nació en Ecuador.

El último reducto, Ecuador. De a poco, las cosas empezaban a cerrar. Juánez optó otra vez por el silencio.

—Cuando descubrí que estaba embarazada, no tuve otra opción que hablar con mi madre. Me dio vuelta la cara de un cachetazo —contó y se tocó la mejilla como si todavía le ardiera el golpe—. Sin dudarlo, mi madre tomó una decisión y me mandó lejos, muy lejos, a parir al bebé de la vergüenza, como le decía.

—A Ecuador…

—Sí, en Guayaquil había un convento. Mi familia aportaba mucho dinero a la Iglesia Católica de nuestro país, imagino que de esa manera les devolvieron los favores económicos. Nunca me animé a preguntar.

—Y ¿qué pasó con el bebé?

—Nació en ese lugar. Las monjas me asistieron —dijo y respiró hondo para poder seguir—. Lo tuve sólo un día conmigo. La orden era volver lo antes posible a Buenos Aires. Y cumplí a rajatabla.

—¿Nunca más supo de su hijo? —preguntó Juánez intentando disimular el tono de reproche.

—Cuando volví a Buenos Aires, mi hermana Sarita Raquel se enfermó y murió. —Las primeras lágrimas empezaron a rodar por las mejillas de Inés. —No tuve mucho espacio para pensar en mi hijo, en un hijo que nunca quise tener. El vacío por la pérdida de mi hermana copó mi corazón. Pero cuando fueron pasando los años, quise saber y me comuniqué con el convento. Me enteré de que mi hijo estaba bien y de que se había ido a vivir a un lugar de Ecuador llamado Baños.

Inés se calló de golpe. Había algo más.

—Inés, la escucho —dijo Juánez con delicadeza.

—Tengo un nieto —dijo la mujer, con ojos desesperados—. Eso supe. La monjita que seguía en contacto con mi hijo murió hace añares. Lo último que me contó fue que mi hijo había sido padre de un niño, y que se había mudado con su familia a un lugar de la costa llamado Montañita. Mi nieto debe tener hoy unos catorce o quince años.

Juánez empezaba a entender algunas cosas, y eso lo impulsó a seguir preguntando.

—¿Por eso eligió Ecuador como destino para Minerva?

—Sí. Ya se lo dije al principio de esta conversación, Juánez. Ya estoy vieja y tengo la esperanza de que el destino...

Inés dejó de hablar.

—¿Minerva sabe esta historia?

—No, de ninguna manera —dijo mientras se secaba las lágrimas con el pañuelo rojo—. Ya le dije: El destino obrará o no. Minerva no sabe nada.

—Será lo que tiene que ser... —dijo concentrado. Inés sonrió.

—Exacto. Será lo que tiene que ser.

Ambos se quedaron en silencio, pensativos. La abuela volvió a la costumbre de jugar con su anillo. Juánez relajó su espalda sobre las almohadas.

—Gracias por la confianza, Inés.

—De nada. Usted confió en mi nieta. Tome esta pequeña verdad como un acto de gratitud de mi parte.

No había mucho más para decir. Inés se levantó, se puso su pañuelo alrededor del cuello con la misma lentitud con la que se lo había sacado. La notaba más liviana, seguramente se había librado de un peso de años. Juánez seguía atentamente cada uno de los movimientos de esa mujer tan especial.

Inés tomó una cartera pequeña de cuero marrón y abrió con dificultad el broche plateado. Con un gesto reverencial, sacó una cajita de pana color violeta. Juánez frunció el ceño y sacudió la cabeza. Una vez más empezaron a sonar sus alarmas. Clavó los ojos en la cajita que la abuela Inés exhibía con una sonrisa. La mujer dio tres pasos hacia la cama y se la entregó. Mientras el investigador la recibía, comentó sin dejar de mirarla:

—Encontré una cajita de pana violeta idéntica en el cajón de la mesa de luz del PH de Gloriana y Minerva.

Juánez fijó los ojos en Inés y se quedó esperando una respuesta. La mujer se encogió de hombros.

—Sí, puede ser. Minerva tiene una igual. Puede abrirla si quiere —lo invitó, acompañando las palabras con un gesto de las manos y, por si fuera necesario, aclaró—: Es un obsequio.

Juánez abrió lentamente la cajita. Sobre una almohadilla de seda violeta, había una estatuilla de cristal tallado de unos siete centímetros de altura. Una lechuza que, en lugar de ojos, tenía dos piedritas verdes. Juánez la sacó de la cajita y la observó con atención.

—Es hermosa, Inés.

—Los ojitos son de esmeraldas —explicó, y se sentó en el costado de la cama—. Es un objeto muy preciado para mí.

El investigador dejó la estatuilla en la cajita y miró los ojos verdes de la mujer, tan verdes como los de la lechuza.

—Le agradezco mucho el gesto, pero es algo muy lujoso. No sé si aceptarla.

Inés hizo un gesto con su mano arrugada.

—Por favor, Juánez. Es importante para mí que usted tenga la última lechuza de mi colección.

—¿Hay otras? —preguntó él.

—Sí —contestó cortante.

—Inés, siento que hay algo que no me está contando.

La mujer hizo silencio. Le sacó con cuidado la cajita a Juánez de la mano, la abrió y se quedó absorta mirando la estatuilla, como si la estuviera viendo por primera vez.

—Hilario Robledo, el palurdo que cambió mi amor por el dinero de mi padre, era filósofo. Su único capital eran tres cajitas de pana violeta que habían pertenecido a su familia durante años —dijo levantando la pieza a la altura de los ojos de Juánez—. Dentro de cada uno de los estuches, estaban las lechuzas de cristal. Las tres iguales.

—¿Y las otras cajitas?

Inés le clavó los ojos, irritada. Le molestaban las interrupciones. Siguió contando la historia, haciendo caso omiso a la pregunta del investigador.

—La última noche que vi a Hilario fue en la pensión en la que vivía, creo que quedaba por San Telmo. En esa habitación sucia me dijo que lo nuestro había terminado —suspiró—, y ahí mismo me dio las tres cajitas. Las metió en una bolsa de cartón.

—Tal vez Hilario la amaba.

Con vehemencia, Inés negó con la cabeza.

—De ninguna manera, querido. Culpa, pura culpa. Ese mentiroso ya tenía en el bolsillo el dinero de los Quesada —afirmó, se levantó de la cama y se alisó el vestido—. Algún vestigio de dignidad debió haberle tocado la conciencia y me regaló sus recuerdos de familia.

—¿Y las otras lechuzas? —Juánez insistió con la pregunta.

La mujer le sonrió.

—Qué cabeza dura, policía. Una de las lechucitas la tiene mi nieta Minerva…

—Ah, por eso la caja estaba vacía en el cajón del PH —pensó Juánez en voz alta—. La escucho…

—Le decía que Minerva tiene una. La otra es ésta —dijo señalando la estatuilla que había quedado sobre el pecho de Juánez—. Y la tercera…

Interrumpió su relato y se sentó de nuevo en el silloncito, al costado de la cama del investigador. Tomó un trago de agua de un vaso que estaba en la mesa de luz y siguió.

—La tercera lechuza se la dejé a mi bebé, en Ecuador —dijo, y otra vez se le llenaron los ojos de lágrimas—. Le tejí una mantita celeste y le dejé la estatuilla; en definitiva, era lo único que iba a tener de su padre…

—Y de su madre —murmuró Juánez.

—Y de su madre —asintió Inés.

Se quedaron un rato largo en silencio. Juánez, casi sin moverse, conmovido por la historia que había encontrado detrás de una mujer de acero. Inés, mirando sus manos mientras jugaba con la piedra de su anillo. Fue ella la que rompió el clima con lo único que le quedaba por hacer: despedirse.

—Me voy, policía. Un alivio saber que está vivo —dijo mientras se levantaba.

—Inés —dijo, y la mujer lo miró—, gracias por la lechuza. Sobre todo, gracias por la confianza. ¿Va a volver? —preguntó.

—No voy a volver —contestó con certeza—. No podría volver a mirarlo a la cara. A veces, policía, la confianza desnuda la vergüenza y yo prefiero mantener la elegancia.

Juánez sonrió con una mezcla de afecto y de pena. Le hubiera gustado saber que volvería a ver a Inés María Quesada, pero iba a respetar el que tal vez sería uno de sus últimos deseos: mantener la elegancia.

La mujer se fue tan sigilosamente como había llegado. Cuando finalmente se quedó a solas, el investigador sacó la lechuza de cristal de la cajita de pana. Pasó largos minutos mirándola con atención. Era una pieza preciosa, cargada de historia, de lágrimas, de traición. Sintió en el pecho una sensación de orgullo. Su trabajo lo había convertido en la tercera persona más importante en la vida de una mujer tan especial como Inés. Se recostó en la almohada y, de a poco, se le fueron cerrando los ojos. Estaba cansado, había sido una tarde de muchas emociones ajenas, que a veces se llevan más energías que las propias. Su cuerpo se fue relajando hasta que se quedó profundamente dormido.

Pasó poco tiempo, tal vez mucho. Pudo haber sido una hora o dos. Juánez se despertó de golpe sobresaltado, algo lo estaba incomodando. Movió sus rodillas maltratadas después del accidente y de las operaciones, no era eso lo que lo había molestado. Probó con su cadera. Tampoco. Con los segundos agarró lucidez y notó que sentía un pinchazo en el hombro derecho. Se incorporó con dificultad. Todavía cada movimiento era una tortura. Con los dedos de la mano izquierda se tocó el hombro. «Ay, ¿qué carajo es esto que me pincha?», pensó. La estatuilla de la lechuza. Se había quedado dormido sobre la lechuza de cristal. La sacó con cuidado y la dejó en el costado de la cama.

Prendió el velador de la mesa de luz. Quería ver por qué le ardía tanto el hombro. Aún sin haber mirado, no tuvo

dudas. Dormirse apoyado sobre la lechuza le había provocado una herida. El cristal tallado puede ser cortante. Se
sentó y giró la cabeza hacia el hombro. Le había quedado
una marca. Se le aceleró el corazón.

—No, es imposible —murmuró—. No puede ser.

49

Se refregó los ojos con las dos manos y volvió a mirar la herida. Más que una herida, era una marca. Una marca como un tatuaje. La lechuza había quedado marcada en su piel. Se mareó.

Si no hubiera estado acostado en una cama, habría tenido que sentarse en el piso para no caerse. No tenía dudas. Cerró los ojos apretando los párpados hasta que le dolieron. En su cabeza apareció la cara de Cristian Ado, el ayudante del forense Aguada. El recuerdo fue tan preciso que hasta pudo sentir el olor de la morgue, una mezcla de sangre y desinfectante. «El asesino se llevó la prueba. Quien tenga ese elemento, tiene todo», le había dicho a Cristian cuando, juntos, encontraron esa especie de tatuaje en la pierna del cadáver de Gloriana Márquez. El asesino de la chica había movido el cuerpo para rescatar un objeto que había dejado su huella en la víctima. El objeto delator estaba ahora tatuado en su piel. La lechuza escondía el secreto.

«Sólo tres personas la tienen —pensó Juánez—: un chico perdido hace años en el Ecuador, un investigador lisiado y Minerva. Minerva del Valle.» Con furia, tiró la estatuilla contra la pared y sintió el ruido del cristal que se hacía añicos. Se recostó y se tapó la cara con el brazo.

Entumecido y desconcertado. Así se sentía. La revelación de sus errores le había vampirizado la energía. Se veía como un superman con la capa rota y desteñida. No pudo evitar una sonrisa triste ante la imagen del superhéroe maltrecho.

Podía escuchar el ir y venir de los carritos de las enfermeras por los pasillos de la clínica, pero una conversación le hizo aguzar el oído. Detrás de la puerta, la voz de Manuela y la de su médico, el doctor Marini, le llamaron la atención.

—La recuperación física va a ser lenta, pero la fuerza de voluntad de Francisco nos va a llevar a buen puerto —dijo Marini.

Juánez no recordaba a otra persona que en su edad adulta lo llamara por su nombre de pila. «Francisco» le sonaba ajeno, como si hablaran de otra persona. Por eso, Juánez nunca corrigió al médico. Lo aliviaba mantener cierta distancia entre el Francisco postrado en una cama y el Juánez que había sido.

—Doctor, me preocupa su corazón. —Manuela sonaba temerosa. —El trabajo de Juánez lo somete a una presión permanente…

El médico la interrumpió. Con dificultad, Juánez se sentó en la cama e inclinó el cuerpo hacia la puerta, necesitaba escuchar todo. Por suerte no pudo ver la cara de espanto que puso Marini cuando respondió.

—Manuela, vamos a hablar claro —dijo e hizo un silencio como buscando las palabras adecuadas—. Francisco no puede volver a trabajar bajo ningún tipo de tensión. Su corazón quedó sumamente lastimado. Volver a ponerse el uniforme de policía lo puede matar. Antes, después, no lo sé…

—Marini… —A Manuela se le llenaron los ojos de lágrimas. —Investigar es el sentido de la vida de Juánez, esto es muy difícil.

—Querida, la decisión es de Francisco. Él va a saber qué hacer y, sobre todo, qué tan rápido quiere morir —dijo el médico y le puso la mano en el hombro—. Tranquila, ya nada depende de nosotros.

Del otro lado de la puerta, Juánez cerró los ojos y apoyó la cabeza contra la pared. No quería escuchar más. No era necesario. Todo había sido dicho.

Sintió las lágrimas calientes rodar por sus mejillas. Lágrimas por él. Lágrimas por Gloriana. Lágrimas por el pobre loco Mauro Solari. Y lágrimas por ella. Por Minerva, la asesina.

50

Apenas había pasado la medianoche cuando Gloriana Márquez llegó al PH que compartía con su amiga Minerva. Dio un portazo, tiró su cartera en el piso y se puso a llorar. Se acababa de pelear con la mucama de su novio. Y él, muy tibio, no había sido capaz de defenderla. No iba a parar hasta que los Linares despidieran a esa peruana maleducada que sin pudor coqueteaba con Rodrigo.

Caminó hasta la cocina, abrió la heladera y sacó una botella de cerveza. Necesitaba tomar algo fresco. Los platos estaban sin lavar, encontrar un vaso limpio le llevó diez minutos.

Apuró la cerveza de un trago. Tuvo que cerrar los ojos cuando el líquido le hizo arder la garganta. Lavó los platos y pasó un trapo con detergente por la mesada. Estaba harta de vivir en medio de la mugre.

Con la botella en la mano subió las escaleras. El ruido del metal que hacían los escalones le sumó más mal humor al mal humor que ya tenía.

Se sentó en la cama y dejó la cerveza en la mesa de luz. Tenía que hacer algo con su novio, con su vida, pero sobre todo con Minerva. No la soportaba más.

Cuando habían decidido mudarse juntas, pensó que todo iba a ser una fiesta. Pero no. «La Lunga es la peor persona del mundo, una hija de puta», pensó mientras se sacaba las sandalias.

Abrió el cajón de la mesita de luz y empezó a revolver. Como cada día, contó los dólares que estaban en la billetera de plástico rosa. Estaban todos, no faltaba ninguno. Tenía miedo de que Minerva sacara plata del ahorro común para pagar alguna de sus tantas deudas.

Se quitó la pollera y se dejó puesta la musculosa azul. Pensó en darse una ducha pero descartó la idea. Estaba demasiado cansada.

Se sentó en la cama con la espalda apoyada en la pared. Cuando estaba programando la alarma del despertador, escuchó cómo se abría la puerta de abajo. Suspiró y puso los ojos en blanco. Minerva había llegado.

—Gloriana, ¿estás arriba? —gritó.

—Si hubiera estado durmiendo me despertabas, Lunga —contestó de mala manera.

—No me digas Lunga —replicó Minerva con enojo.

Gloriana suspiró. Con violencia dejó el despertador de plástico en la mesa de luz y se sentó en la cama. No sabía qué la ponía más nerviosa, si el ruido de las escaleras de metal o Minerva subiéndolas.

—¿Qué te pasa? —preguntó Minerva mientras se sentaba en su cama y se desataba las zapatillas.

—La negra de mierda de la mucama de Rodrigo se lo quiere coger. Nos peleamos mal —contestó Gloriana.

Minerva la miró con una sonrisa irónica. Acomodó sus almohadas.

—Ay, Gloriana, ya se lo debe haber cogido. Olvidate.

Se quedaron en silencio. Cada una midiendo con qué arma podía lastimar más a la otra. Minerva era experta en fomentar la inseguridad de Gloriana. Pero la rubia también tenía sus tretas.

—Lunga, me debés mucha plata. Fijate de dónde la sacás. Me cansé de ser tu cajero automático.

—No me digas *Lunga...* —murmuró con los dientes apretados Minerva.

Gloriana se sentó y abrió de nuevo el cajón de la mesa de luz. Minerva se incorporó y prestó atención.

—¿Qué buscás? —preguntó.

Gloriana no contestó y siguió revolviendo. Con gesto triunfante sacó la cajita de pana violeta. Sabía que el único tesoro de su amiga estaba dentro de esa caja. Se la mostró con aire triunfante.

—Lunguita, hasta que no me devuelvas la guita que me debés, me quedo con la lechucita de mierda ésta...

Minerva la interrumpió con el tono de voz más glaciar que encontró en su garganta.

—Dejá eso en su lugar, pelotuda —le ordenó—. No jodás con mis cosas.

La rubia largó una carcajada.

—¿Tus cosas? Mirá vos. Mi plata, Minerva. Quiero mi plata.

Esta vez no se animó a decirle Lunga. La furia que despedían los ojos verdes de Minerva la intimidó, aunque se esforzó en disimular.

—Me devolvés la guita, te devuelvo la lechuza —dijo—. Es un buen trato.

Minerva se levantó de golpe y le arrancó la cajita de las manos. La rubia se quedó quieta.

—Bueno, bueno —dijo levantando ambas manos como si se rindiera—. Quiero mi plata. No te pongas loca.

Minerva guardó la cajita en el cajón y sacó el mordillo de silicona que Gloriana usaba para dormir. Se lo tiró en la cara.

—Dormite, forra. No te quiero escuchar más.

La rubia bajó la mirada y se puso el mordillo. Había momentos en los que Minerva le daba miedo. Pensó en irse a pasar la noche a la casa de sus padres, pero estaba tan cansada que decidió quedarse en su cama.

A veces se tardan años en pagar los costos de las decisiones incorrectas. A veces, meses o días. Gloriana Márquez no iba a estar viva para ver las consecuencias de haberse quedado en el PH. No se iba a dar cuenta de nada. Era una chica con suerte.

51

Minerva se despertó de golpe. Le dolían los hombros y el cuello. Había dormido en el sillón del living. No soportaba el ruido de la respiración de Gloriana en la cama de al lado. Movió la cabeza para un lado y para el otro, tratando de estirar cada músculo entumecido. Miró su reloj de pulsera. Faltaba menos de una hora para que el despertador de Gloriana sonara. Tenía que irse antes, no quería volver a escucharla. Había decidido pedirle la plata a su abuela. Odiaba que Inés la tuviera que ayudar, pero no le quedaba otra.

Fue a la cocina, tomó un trago largo de agua directamente del pico de la botella que estaba guardada en la heladera. Se secó la boca con el dorso de la mano. Notó que Gloriana había lavado los platos. No pudo evitar sonreír. Esos pequeños triunfos sobre la rubia la alegraban, aunque en el fondo, muy en el fondo, se sentía una mediocre.

Subió despacio los escalones, no quería hacer ruido. Se metió en el baño y se dio una ducha rápida. En una bolsa de supermercado metió la ropa que tenía puesta. «Más tarde la llevo al lavadero», pensó mientras se ponía una bombacha limpia. Una bombacha de encaje roja. Tardó segundos en elegir un vestidito liviano estampado con florcitas y unas ojotas. El día prometía ser abrasador.

Miró su reloj, faltaba menos de media hora para las diez de la mañana. En la agencia de publicidad era día de *home office*, cada uno podía trabajar desde su casa. Pero Minerva pensaba ir igual, tenía que ordenar unos papeles y terminar de diseñar las invitaciones para un evento que una empresa de telefonía celular tenía planeado hacer en las playas de Pinamar. Si todo salía bien, tal vez la llevaban a la costa.

Se miró en el espejo del baño. Estaba ojerosa y bastante pálida. Cepilló su pelo largo y lacio, se puso una vincha finita de cuero negro, un poco de corrector alrededor de los ojos y un brillo de labios transparente. Mientras chequeaba el resultado de los pequeños retoques se le hizo un nudo en el estómago. Un recuerdo la había angustiado.

«Hija de puta», murmuró.

Salió del baño y caminó despacio hasta la cama de Gloriana. La chica dormía profundamente. Sólo se veía una maraña de pelo color caramelo de miel. Minerva abrió con sumo cuidado el cajón de la mesita de luz. No quería despertar a su amiga. Revolvió con cuidado hasta que encontró lo que buscaba. Sintió un alivio. La cajita de pana seguía en su lugar. La tomó con la deferencia que merecía ese objeto, era el regalo más preciado que le había hecho su abuela. Recordó el día en el que se lo había dado. Habían pasado quince años. Inés había abierto el mueble mágico de su habitación.

—Minerva, querida. Ya es hora de que tengas un amuleto.

—¿Qué es un amuleto? —había preguntado la nena.

—Un objeto que te va a cuidar siempre. Algo que va a espantar las cosas malas.

Cuando Minerva vio la lechuza de cristal por primera vez, casi se pone a llorar. Era tan hermosa que tuvo miedo de romperla y que el amuleto hiciera el efecto contrario. Su abuela la tranquilizó con un abrazo y la dejó a solas con esa estatuilla maravillosa. La curiosidad de la pequeña Minerva la llevó a abrir el mueble a escondidas. En uno de los estantes de vidrio había dos cajitas de pana violeta iguales a la suya. Las abrió. En la primera había otra lechuza, la otra estaba vacía.

—Abuela, falta una lechucita, ¿la perdiste? —había preguntado la nena.

—No, se la regalé a alguien que necesitaba protección…

Minerva no se había animado a preguntar más. Las lágrimas en los ojos de su abuela la sorprendieron y hasta la asustaron. A pesar de ser una nena, sabía cuándo tenía que callar. Y lo hizo.

La Minerva mujer seguía conmoviéndose con esos recuerdos. La lechuza de cristal era mucho más que un bello objeto. Era el conjunto de momentos vividos con la persona más importante de su vida, la única por la que se sintió verdaderamente querida: su abuela.

Sacudió la cabeza. Gloriana seguía durmiendo. Se había dado vuelta, estaba boca abajo. Minerva abrió la cajita y se le paralizó el corazón. «Hija de re mil putas.» La lechuza de cristal había desaparecido. La cajita estaba vacía.

Pensó en despertar a su amiga a cachetazos, pero desistió. Bajó las escaleras y revisó la cartera que Gloriana había dejado tirada en el medio del living. Subió de nuevo, tratando de no hacer ruido con los escalones de metal. Dio vuelta el alhajero que compartían y nada. Vació la mochila rosa con la que la rubia iba al gimnasio.

Se quedó parada en el medio de la habitación con el corazón desbocado de odio y de angustia. Tenía la certeza de que su amiga había vendido la pieza de cristal para cobrarse la plata adeudada. Recordó cómo a Gloriana le brilló la mirada cuando le había contado que los ojitos de la lechuza eran de esmeraldas. Sintió la sangre correr por sus venas, las mejillas ardiendo. Las sienes le latían, se le nubló la vista. Abrió y cerró los ojos con fuerza varias veces hasta que pudo hacer foco.

Sólo veía a la Márquez durmiendo boca abajo. Una bombacha negra y una musculosa azul era lo único que tenía puesto. El pelo parecía una catarata cayendo sobre la almohada. El maravilloso pelo de Gloriana.

Caminó despacio hasta la cabecera de la cama. Le temblaban las manos. No eran nervios, era odio puro y visceral. Miró la mesa de luz. Una foto de las dos, el despertador de plástico y una botellita de cerveza. Como si alguien le dictara los pasos a seguir, levantó la botella y la rompió contra el piso. Gloriana se movió apenas un poco. Estaba profundamente dormida. Por un segundo, el tiempo pareció detenerse para volver a correr.

Dejó los vidrios rotos en el piso. Con sumo cuidado, estiró la sábana que estaba hecha un bollo a los pies de la cama y, casi con amor, tapó el cuerpo de su amiga. Sólo se veía la cascada rubia y maravillosa.

Tomó el pedazo de vidrio más grande. Otra vez se le nublaron los ojos. Todo el cuerpo le temblaba, menos las manos, que parecían actuar por cuenta propia. Un impulso le nació en algún lugar desconocido y, de un solo movimiento, se subió sobre Gloriana. Quedó sentada sobre la espalda de la chica. Con una mano le tapó la boca y la nariz; con la otra, el vidrio empezó a hacer.

La sorprendió una fuerza demoledora: la catarata rubia se movió apenas un poco. Sintió el momento en que el vidrio cortó la piel del cuello de la Márquez. Un líquido tibio le corrió por la mano. Sonrió. La sensación era agradable.

Se quedó quieta viendo cómo una mancha roja empezaba a teñir la almohada. Con cuidado sacó ambas manos del cuerpo de su amiga y se quedó sentada sobre Gloriana, con los brazos en alto.

El despertador empezó a sonar. Eran las diez de la mañana. Se bajó del cuerpo de Gloriana y con la mano limpia apagó la alarma. La Márquez ya no la necesitaba. Nada la iba a despertar. Minerva sonrió ante semejante ironía.

Movió la pierna de Gloriana para poder sacar la sábana con la que se limpió la sangre de su mano y de su brazo. Volvió a sonreír. Sus dedos quedaron marcados en la pantorrilla de la rubia. Dedos rojos.

Fue al baño y se miró en el espejo. Tenía curiosidad por saber si su cara había cambiado en algo ahora que Gloriana ya no estaba. Sintió una punzada de decepción. Todo se veía igual.

En cuanto entró otra vez en el cuarto, se le paralizó el corazón. Si la Márquez hubiera estado bailando reggaeton, no se habría asustado tanto. Del otro lado de la puerta balcón un hombre la observaba. Estaba arrodillado con las manos apoyadas en el vidrio. No se movía. Ambos se miraron sin pestañear.

52

El hombre tenía puesto un jean sin nada arriba. Sólo un morral de género color verde cruzaba su pecho.

Minerva respiró hondo y miró hacia la cama donde el cadáver de Gloriana había dejado de llamarle la atención. Se tranquilizó cuando vio que el vidrio verde seguía apoyado en el colchón. Calculó que con sólo tres pasos podía llegar a tener un arma improvisada en sus manos. Unos minutos antes había comprobado que ese vidrio verde era más que efectivo.

El hombre sonrió. Con esa sonrisa se sacó diez años de encima. Parecía un chico grande. Minerva no necesitó dar tres pasos, sólo con dos llegó hasta el vidrio. Levantó la mano para que el muchacho viera que estaba preparada para cualquier cosa. Entonces él dejó de sonreír, bajó las manos del vidrio y se las metió en los bolsillos de su pantalón. Se quedó quieto, con la cabeza gacha y arrodillado.

La tranquilidad a Minerva le duró poco. No tuvo miedo por lo que pudiera hacerle. En definitiva, la única peligrosa allí había demostrado ser ella. Tuvo miedo por lo que el chico pudiera haber visto. «Un testigo, la puta madre», murmuró entre dientes.

Muy despacio se acercó a la puerta del balconcito. El chico no se movió. Minerva corrió la cama que la trababa, tuvo que hacer mucha fuerza. No sólo porque arriba estaba el cuerpo de la Márquez, sino porque además sus movimientos estaban limitados por el vidrio que tenía en una mano y no pensaba soltar.

Cuando la puerta se abrió, el chico levantó la cabeza y volvió a sonreir.

—¿Quién sos? —preguntó Minerva con voz firme.

—Mauro.

—¿Qué hacés acá?

—Miro chicas lindas —contestó avergonzado.

No faltó nada más para que Minerva se diera cuenta de que ese tal Mauro estaba totalmente loco. Esa mirada, esa sonrisa fuera de tiempo y una respuesta totalmente incoherente.

—Bueno —dijo—, ahora andate. Porque mi amiga está durmiendo, ¿sabés?

Mauro movió la cabeza de un lado a otro, negando.

—No está durmiendo, tiene sangre —observó, y la miró seriamente—. Vos le pusiste sangre.

«La puta madre», pensó Minerva. Tenía que hacer algo. Nada podía estar peor.

—Mauro —dijo con la voz más dulce que pudo encontrar, teniendo en cuenta la situación—, ¿vos qué querés? ¿Para qué viniste?

—Bombachas —contestó sin dudar.

Antes de que Minerva pudiera reaccionar, el chico abrió el morral y empezó a sacar ropa interior. Había

bombachas de Gloriana y hasta un corpiño que reconoció como propio.

—Tenés cosas nuestras, las robaste.

—¡No! —dijo el chico y luego se puso el dedo índice en
los labios—. Silencio. No cuentes nada.

«Bingo», pensó la chica. «Te tengo, loco de mierda.»

—Yo no cuento nada, si vos no contás nada. ¿Trato
hecho?

—No hay trato.

Mauro se paró de golpe. Minerva dio un paso para atrás,
asustada. Sin dudar, le mostró el vidrio y le gritó:

—¡Pará, pelotudo! Te acercás y te corto el cuello…

—El cuello de la rubia —dijo mirando el cadáver de
Gloriana—. Quiero entrar, quiero ver más.

Minerva no tuvo tiempo de nada. Mauro no sólo era
más alto, sino que estaba loco. Y contaba con la mejor de
las armas: no tenía miedo.

Lo dejó entrar. Seguía teniendo el vidrio apretado en
la palma de la mano. El chico se acercó al cuerpo de la
Márquez y la tocó. Minerva contuvo una arcada. Tuvo que
cerrar los ojos. No podía soportar ver la mano del chico
acariciando las piernas desnudas del cadáver de su amiga.

—Mauro, basta —le pidió, y respiró hondo—. Dejala
dormir.

El chico obedeció y empezó a mirar de arriba abajo a
Minerva. Había dejado de actuar como un nene inocente
y se había convertido en un hombre desagradable. Hasta
la voz infantil desapareció; su tono áspero y arrastrado la
asqueó.

—Vos no dormís —dijo el muchacho mientras se acercaba lentamente—. Quiero una bombacha tuya.

—Agarrá del cajón —murmuró Minerva.

—No. Quiero la que tenés puesta.

La chica sintió que un líquido amargo subía por su garganta. Iba a vomitar. Desechó la idea, no podía aflojar ahora.

—Muy bien, Maurito —intentó el tono más sexual posible—. Vas a tener lo que querés, pero a cambio quiero tu silencio. Acá no pasó nada.

El chico sonrió y se puso otra vez el dedo índice sobre los labios.

—Silencio —murmuró.

Minerva había tomado una decisión. Si ése era el precio que tenía que pagar por la vida de Gloriana, valía la pena. Después de todo, siempre lo decía su abuela, la Márquez no vale demasiado.

La chica se acercó al cadáver de su amiga. No necesitó decir una palabra. Con gestos, hizo que Mauro entendiera todo.

Minerva tomó a Gloriana por los tobillos, a Mauro le tocó la peor parte. Puso sus manos debajo de las axilas de la chica y pegó un tirón. Entre los dos pasaron el cadáver de la cama al piso. En la maniobra, Mauro se había manchado con sangre el pecho desnudo y el jean. Minerva sonrió internamente. «Idiota, ya estás casi tan manchado con sangre como yo.»

Venía la peor parte, Minerva lo sabía, pero como tantas otras veces, en una lucha en el barro, ella era la que se embarraba más. Mauro se sacó los pantalones y se acostó en la cama de Gloriana. Apoyó la cabeza en la almohada. Seguía, sin saber, contaminando la escena del crimen.

Minerva sonrió con ganas mientras se sacaba el vestido azul. Al chico le brillaron los ojos. No le importaba el cuerpo desnudo de Minerva. Sólo tenía ojos para la bombacha de encaje rojo.

La chica se sentó sobre el cuerpo desnudo de Mauro. Cerró los ojos y empezó a pensar en otra cosa. Era fundamental escapar de esa cama. Mientras sus manos empezaron a hacer, su cabeza voló lejos.

El chico tardó segundos en conseguir una erección. No paraba de manosear el cuerpo desnudo de Minerva. Habían sido muchas horas deseando dos mujeres a las que sólo se animaba a espiar a escondidas. Muy a lo lejos, Minerva podía sentir esas manos húmedas que la recorrían con desesperación. No le importaba, el plan estaba en marcha y no podía fallar. Todo dependía de su fortaleza.

El chico la dio vuelta de golpe sobre el colchón, se acomodó arriba de Minerva y empezó a frotarse contra su pelvis. Las náuseas eran difíciles de contener, pero tenía que hacerlo. Abrió los ojos y lo vio sentarse sobre ella sólo para sacarle la bombacha. Era lo único que le importaba. La bombacha roja.

Con la prenda en la mano, Mauro volvió a tirarse sobre su cuerpo y, antes de que Minerva pudiera decir nada, la penetró. Ella cerró los ojos, no quiso moverse. Sabía que su templanza era lo único que podía ayudarla.

Giró la cabeza mientras el chico no dejaba de moverse encima de ella. Su olor y sus jadeos la estaban descomponiendo. Cuando creyó que iba a vomitar, algo le llamó la atención. Su cuerpo se movía al ritmo que Mauro había impuesto. Ese movimiento hizo que sus ojos, que estaban clavados en el piso del costado de la cama, distinguieran algo que brillaba. Levantó un poco el cuello. El chico se seguía moviendo dentro de ella, pero Minerva estaba concentrada en otra cosa. Debajo de la pierna del cadáver de Gloriana, asomaba una puntita de algo brillante. Era cristal. Era su lechuza. «Gracias, abuela. Ahora estoy protegida. El amuleto está conmigo», pensó.

El grito de Mauro la sorprendió. Sólo cuando sintió que el cuerpo sudoroso del chico se relajaba, entendió lo que había pasado. Había llegado el momento de actuar.

—Mauro, salí por favor que tengo mucho calor —dijo.

El chico obedeció. Había vuelto a ser ese nene grande y sumiso. Minerva siguió dando las órdenes que necesitaba.

—Te pido por favor que te limpies en la sábana de la cama.

Mauro lo hizo, sin saber que estaba dejando su semen en la escena del crimen. Su perfil genético había contaminado todo. Nada de lo que pudiera dejar Minerva importaba, ella vivía en esa casa. Pero el chico no iba a tener manera de justificar su presencia en el lugar.

Minerva se levantó de la cama y se puso el vestido que había quedado hecho un bollo en el piso. Mauro también se había puesto el pantalón sin dejar de mirar el cadáver de Gloriana, como si lo hubiera visto por primera vez.

—Mauro, ahora te vas a ir por el mismo lugar por el que entraste.

El chico la miró.

—¿Me puedo llevar esto? —dijo mientras levantaba la mano que sostenía la bombacha roja de Minerva.

—Claro —dijo la chica con una sonrisa de oreja a oreja.

—También llevate tu morral, no te lo olvides.

Mauro lo levantó, se lo cruzó sobre el pecho y salió al balconcito con la bombacha en la mano. Minerva se asomó. Quería saber por dónde había entrado.

Lo vio saltar con facilidad la medianera. Pudo ver también cómo el chico se quedaba agachado del lado de su terraza guardando el morral debajo de una madera.

Sonrió satisfecha, casi orgullosa de sí misma. Había tenido tiempo de meter el vidrio con el que había degollado a la Márquez en el bolsillo del bolso del chico.

«Hicimos un gran trato, loco de mierda. Dejaste tu semen en las sábanas y te llevaste el arma del crimen», pensó, y largó una carcajada mientras volvía a la habitación. Todavía quedaban cosas por resolver.

53

El cuerpo sin vida de Gloriana Márquez seguía tirado en el medio de las dos camas. Minerva la miró como si su amiga fuera un objeto despreciable. Metió en su cartera los pedazos de vidrio de la botella que habían quedado esparcidos en el piso. Fue al baño y se duchó otra vez. Se quedó un buen rato debajo del agua caliente, y frotó cada centímetro de su piel con la esponja. Quería hacer desaparecer cada partícula de Mauro. Apoyó ambas manos sobre los azulejos y esta vez vomitó. Dejó correr el agua mientras veía cómo la rejilla se llevaba espuma de jabón, sangre y vómito.

Se secó con una toalla. Se frotó tan fuerte que su piel quedó rosada. Otra vez se miró en el espejo. Las ojeras estaban más profundas, los párpados hinchados y una mueca extraña asomaba en su boca. No le gustó lo que vio, pero no había tiempo para pavadas.

Se puso una solera color verde agua. Era el vestido preferido de Gloriana.

—Tomalo como un homenaje, forra —murmuró sin mirar el cadáver.

Recorrió con la mirada la habitación. Tenía el desorden necesario. Bajó las escaleras, sin preocuparse por no hacer ruido. «Nadie se va a despertar», pensó con ironía.

Tomó la botella de agua de la heladera y la vació de tres tragos. Se recostó en el sillón, cerró los ojos y se quedó dormida.

Cuando se despertó, ya se sentía mejor. Dormir había sido una buena opción. El día iba a ser largo. Miró el reloj: Eran casi las tres de la tarde. Tiempo de ir a la agencia.

Subió corriendo las escaleras. Nada en el cuerpo de Gloriana se había modificado, salvo un pequeño charco de sangre al lado de su cabeza. Minerva frunció el entrecejo y con cara de asco se agachó al costado del cadáver. Con delicadeza metió la mano debajo del muslo de su amiga. Estaba fría. Sacó lentamente la lechuza de cristal. La levantó y la puso ante sus ojos. Sonrió embelesada ante la estatuilla. Le dio un beso rápido y se fue del PH, al que sólo iba a volver unas horas después, para empezar la que sería su mejor actuación.

54

Esa madrugada la central del 911 estuvo bastante atareada. En enero mucha gente se iba de vacaciones, pero los que quedaban solían usar las autopistas y las calles como pistas de carrera. Choques y atropellados estaban a la orden del día. También muchos vecinos daban cuenta de robos en casas vacías. Con sus habitantes de vacaciones se convertían en el blanco perfecto.

Dos llamados marcaron una diferencia esa noche. El primero tenía que ver con un chico joven, de más de veinte años, que había enloquecido. Eso decía su madre a los gritos del otro lado del teléfono. Pedían una ambulancia. El chico gritaba, se autolesionaba y amenazaba con matarse. Lo curioso fue que el segundo llamado provenía de la casa de al lado. Una chica desesperada pedía ayuda policial porque su amiga había aparecido muerta en su propia casa.

—Salga de la propiedad, señorita, espere en la vía pública. Quien atacó a su amiga puede estar adentro de la morada. Ya estamos mandando asistencia policial —dijo con prudencia el agente que atendió el llamado.

—Tengo un óbito NN femenino en Zebruno 1833, dentro de propiedad. Manden refuerzo en alerta. Orden de ingresar con chaleco antibala y precauciones del caso. Mando Unidad criminalística móvil, modulo por el Handy.

La mujer policía que atendió el primer llamado miró al agente desde el escritorio de al lado.

—Qué casualidad, acabo de mandar ambulancia a Zebruno 1835 por un loquito —dijo apoyando los codos sobre la mesa.

—Es un barrio ricachón, ¿no? —preguntó el agente.

—Sí. Puras casonas con pileta hay por ahí. Todos cagados en guita.

—Che —dijo el agente—, a mí me pasaron un homicidio. ¿Viste cómo son estos casos de los ricos? ¿Despierto a algún jefe?

La mujer policía evaluó posibilidades y asintió con la cabeza.

—Sí, tenés razón. No nos metamos en quilombo. Llamalo a Francisco Juánez.

—¿Al capanga? ¿Te parece?

—Sí. Francisco Juánez es el mejor. Nunca, pero nunca se equivoca.

Mientras buscaba el teléfono de Juánez en la computadora, el agente se rio.

—Bueno, che. No seas exagerada. Alguna vez se va a equivocar. Es humano, ¿no?

55

Apoyo la lechuza de cristal sobre el vidrio que protege a la famosa Virgen de Olón. Cientos de personas se acercan todos los años hasta este lugar. Creen que la Virgencita ha llorado sangre. Y ella, tan malcriada, los deja creer en su excepcionalidad. En su milagro.

El rayo de sol que entra por la claraboya del sótano del santuario hace brillar el cristal tallado de mi estatuilla. Veo mi rostro reflejado, las pequeñas y casi imperceptibles arrugas que empiezan a dibujarse alrededor de los ojos, y los surcos de la boca bastante pronunciados. Han pasado veinte años. El tiempo deja sus marcas en los vivos y en los muertos. En la carne y en los huesos. En los que están encerrados y en los que están libres.

El cuerpo también es una cárcel que guarda todo lo que llevamos dentro. Los recuerdos, las alegrías, las tristezas, los descubrimientos y las verdades. También las mentiras. ¿Quién no esconde algún secreto, alguna mentira?

Cada historia es una puja de verdades. Pujó Gloriana, pujó Mauro, pujó Juánez y pujé yo. Se impuso quien pujó mejor. Y aquí estoy.

Me arrodillo, recuesto la frente contra el vidrio y sonrío, convencida de que la verdad es sólo una adaptación de la realidad.

Esta Virgen me gusta. Esta Virgen es una embustera, como yo.